翻篇

一本阅读自救指南

帆 书 / 编著

浙江教育出版社·杭州

图书在版编目(CIP)数据

翻篇：一本阅读自救指南 / 帆书编著. -- 杭州：
浙江教育出版社，2024.1（2024.6重印）
ISBN 978-7-5722-7094-9

Ⅰ. ①翻… Ⅱ. ①帆… Ⅲ. ①文学欣赏－世界－青少
年读物 Ⅳ. ①I106-49

中国国家版本馆CIP数据核字(2024)第002575号

翻篇 一本阅读自救指南
FANPIAN YIBEN YUEDU ZIJIU ZHINAN
帆书　编著

责任编辑	赵清刚
美术编辑	韩　波
责任校对	马立改
责任印务	时小娟
特约编辑	刘红静　田中原　高　敏
封面设计	柴　磊
封面AI创意	高　敏
版式设计	黄　蕊
特约策划	慧　木
编写人员	秦　影　郎　月　孙　瑶　赵贝佳　王姝婉
出版发行	浙江教育出版社
	地址：杭州市环城北路177号
	邮编：310005
	电话：0571-88900883
	邮箱：dywh@xdf.cn
印　　刷	北京盛通印刷股份有限公司
开　　本	880mm×1230mm　1/32
成品尺寸	145mm×210mm
印　　张	9.25
字　　数	185 000
版　　次	2024年1月第1版
印　　次	2024年6月第2次印刷
标准书号	ISBN 978-7-5722-7094-9
定　　价	59.80元

　　说实话，我们也没有想到这本书能有幸出版，以至于敲下这些文字的此刻，内心仍有些诚惶诚恐。千言万语，末了只能化成一句话：感谢这世上还有阅读。

　　十年前，樊登和三个好友一拍即合，帆书（原樊登读书）就此诞生。十年后，"这个世界，每多一个人读书，就多一份祥和"这句话，早已不再是一个空洞的口号。作为帆书旗下的公众号，帆书编辑部沿袭了樊登老师解读好书的传统，通过"遇见好书"栏目，每日为大家解读一本好书。

　　百万级账号主理人、"爆文"写手、刚出社会的"新鲜人"，以及数百个执笔的书稿作者……冥冥之中，大家结缘于此，与其说是命运，不如说是骨子里的爱书基因。

　　从"遇见好书"栏目创立至今，已经两年零六个月。回望来时路，难免生出几分感慨：过去的九百多个日夜，像极了一场人与书的双向奔赴。编辑部里，大家曾为了一个选题唇枪舌剑、互不相让，也曾为了一篇稿子里的标题、措辞和标点小心翼翼、反复斟酌。但也正是秉持着这种细致乃至严苛的创作理念，我们才得以和很多真心爱书的人相遇。

有人数百天如一日来栏目打卡，写下大段大段的读后感：或是感慨某篇书稿给自己提供了一种全新的阅读视角；或是因文中某句话、某个故事，解开了深埋多年的心结。

有人借着这个"树洞"，倾诉成人世界里的诸多不易，宣泄那些深夜里无处安放的情绪。一场酣睡之后，抖抖心上的灰尘，重新出发。

这些年里，我们听到的最多的是"感谢"：感谢文字在平庸生活里打开的那扇窗；感谢好书在喧嚣尘世里开辟的那方净土；感谢那些表达者和读者灵魂共振的无数个瞬间。

可我们不敢、也愧于收下任何一句感谢。因为我们深知：真正能叫醒、疗愈乃至塑造一个人的，从来都是书籍本身的力量。是《追风筝的人》里，那句"为你，千千万万遍"；是《瓦尔登湖》里，那座掩身林荫深处的小木屋；是《悉达多》里，照见少年、青年、老年佛陀的那条河流……

在阅读里，没有人是一座孤岛，每本书都是一个世界。而每个人，总能找到属于自己的那本"人生之书"——或解你所惑，或医你之伤，或给你方向。

让我们深有感触的是，谈到某本书，大家大多在感慨和它相遇得太晚：如若年轻时读过《一个陌生女人的来信》，也许就不会在一段糟糕的关系里浮浮沉沉、折了半条命；如若早一日看到《活法》，初入职场时的艰难、无助、彷徨和内耗或许可以减半；如若十年前就看了《西西弗神话》，可能就不会再苦苦纠结于"人生到底有何意义"的天问……

因此，我们决定将"遇见好书"专栏中的优质稿件结集成书，定名《翻篇 一本阅读自救指南》。希望能让更多人在更早的年纪与经典相遇，也希望其中的精神价值能让大家"翻开"书页，"翻过"低谷，"翻走"烦忧。

本次编辑部精选了42篇文章，解读的书籍涵盖情绪、认知、为人、处事、生活、心态六个方面。日复一日的生活究竟有什么意义？人生是否真的只有"内卷"一种活法？如何和原生家庭和解？怎么平衡工作和生活……每篇文章，都在尽量为那些你最关心、烦恼的问题，提供一个参考指南。

清人张潮在《幽梦影》中说："少年读书，如隙中窥月；中年读书，如庭中望月；老年读书，如台上玩月。皆以阅历之浅深，为所得之浅深耳。"

有些书，年轻时囫囵吞枣读完，总难解其中深意。有些书，因为晦涩或艰深，一直在书架上被束之高阁。你和它的相遇，其实只差这本《翻篇 一本阅读自救指南》。

而读完这篇文章的现在，故事，才刚刚开始。

帆书编辑部
2024 年 1 月

目录

第三章　为人篇 人生自洽

第四章　处事篇　人生自立

第一章　情绪篇

人生自愈

如何面对生活中的挫折与痛苦？
——从《老人与海》中学会让伤痛驱动成长

小时候，你是否曾因为摔倒在地，而疼得哇哇大哭？

读书时，你是否因考试失利，与自己的梦想失之交臂，沮丧绝望？

工作后，你是否感慨生活的不易、人际的艰难，面对压力和琐碎的生活痛苦不堪？

每个人的一生都必然经历痛苦与挫折，在海明威的《老人与海》中，我们或许能学到伤痛背后的成长心法。

2002 年 1 月 15 日，全球重要媒体都竞相报道一则来自古巴的消息：一位名叫富恩特斯的老渔民病逝，享年 104 岁。

为什么一位渔民的离世，会引起如此热烈的关注？因为他正是《老人与海》这部小说的主人公圣地亚哥的人物原型。

1954 年，海明威凭借这部小说斩获诺贝尔文学奖。一个简单的老渔夫的故事，却凝聚了海明威一生的人生哲学。如果世界是海，故事中那位平凡的老人便是芸芸众生的缩影，这个故事告诉我们，唯有历经痛苦才能实现自我的成长。正如海明威所说："生活总是让我们遍体鳞伤，但到后来，那些受伤的地方一定会变成我们最强壮的地方。"

📚 痛苦，是人生的一部分

圣地亚哥，一个瘦骨嶙峋的老渔夫。

他每天出海打鱼，已经连续 84 天一无所获。起初 40 天，还有个男孩跟随他一起出海。但后来，男孩的父母认为老渔夫再也交不到好运，安排男孩去了另一条船。

于是圣地亚哥成了小渔村里人尽皆知的倒霉蛋。年轻的渔夫，常常对他冷嘲热讽；年老的渔夫，则为他的处境感到难过。

面对生活的困窘、同行的嘲笑、他人的不理解，圣地亚哥毫不在意。他依然每天早上迎着第一缕阳光出海捕鱼，坚信自己一定会有所收获。最终，老人捕到了一条重量超过 1500 磅的大鱼。这不是靠运气，更不是偶然，而是依靠无数次在痛苦中获得的经验和永不妥协的决心。

成年人的世界，总会遇到烦恼和痛苦。正如毕淑敏所说："你不能要求拥有一个没有风暴的人生海洋，因为痛苦和磨难是人生的一部分。一个没有风暴的海洋，那不是海，是泥塘。"

有的人面对痛苦，容易沉溺其中而不可自拔。而真正的智者，是像圣地亚哥一样坦然地接受、勇敢地超越。

还记得"写诗农妇"韩仕梅吗？她是一位来自河南的普通农妇，是封建包办婚姻的受害者，却被网友称为"田园诗人"，年过50的她通过写诗登上联合国讲坛发表演讲。

韩仕梅的人生有两个转折点。第一个是19岁那年，母亲因为3000元彩礼，把她嫁给了好吃懒做、喜好赌博的男人；第二个是她开始尝试写诗。

"和树生活在一起不知有多苦，和墙生活在一起不知有多累。"30年的痛苦与困顿，她通过诗歌创作来实现灵魂的自由。如今她准备再次鼓起勇气起诉离婚，去寻找自己想要的生活。

韩仕梅在诗中写道："我已不再沉睡，海浪将我拥起。"她的内心因为写诗而愈发强大。命运常常不如人愿，但正是在无数的痛苦中，在重重的矛盾和艰辛中，人才会成熟起来。挺过去，就是绝处逢生；熬过去，才有柳暗花明。

📚 直面痛苦，是救赎自己的开始

《左传》中云："一鼓作气，再而衰，三而竭。"但很多人忽略了后一句"彼竭我盈，故克之"。

"一鼓作气，再而衰，三而竭"是人性的特点，也是人性中的弱点，越是困难的事越难以坚持；而我们要想有所收获，恰恰需要的便是不妥协的韧性，只有这样才能熬到"彼竭"时依然"我盈"。

《老人与海》中，连续 84 天没有捕到一条鱼的圣地亚哥，在第 85 天终于钓上了一条大马林鱼。但老人与大鱼之间力量悬殊，处于敌强我弱的状态。

大鱼拖着钓钩在水中游走，老人则猛拉绳索与之较量。从中午到夜晚再到天亮，大鱼始终不愿妥协，老渔夫也越挫越勇。没有食物，没有武器，没有助手，后背因钓绳勒得疼痛至极，右手因紧拽钓绳伤痕累累，左手不听使唤地抽筋。但老人坚信，只要坚持到最后，一定能降服大鱼。

老人的捕鱼过程，不就是我们真实生活的写照吗？只有直面痛苦，才能走出痛苦，最终迎来胜利的曙光。

一部优秀的作品往往映射了创作者的思想或人生。《老人与海》的作者海明威同圣地亚哥一样，也是精神的强者，从不轻易对苦难低头服输。1918 年，第一次世界大战爆发，海明威不顾家人反对，毅然奔赴战场。但枪炮无眼，战争无情，在意大利战场中，海明威被炮弹炸成重伤，身体里大大小小的子弹片多达两百余片，经历了十余次手术后，才捡回了一条命。

除了身体上数不清的伤痕，战争遗留的阴影几乎伴随着海明威的一生。即便如此，他从未一蹶不振。从《太阳照常升起》《永别了，武器》，到亲历"二战"后所写的《丧钟为谁而鸣》，再到《老人与海》……他以笔为武器，让思想化为利刃，以朴实和直观的创作去刺破人生的虚无和迷茫，也给予无数读者勇气和力量。

海明威和他笔下的老人圣地亚哥一样，相信内心的力量，绝不甘于失败，坚信一个人可以被毁灭，但不能被打败。这种精神力量，让他们有足够的勇气面对生命的痛苦。

人生很痛苦的阶段，往往是"自我救赎"的好时机。穿越痛苦的方法，就是经历它、吸收它、探索它。每一次痛苦的经历，都会成为你前进的动力。

所有让你痛苦的经历，都会成全你

王小波在对《老人与海》的解读中说："人类在与限度的斗争中成长。他们把飞船送上太空，他们也用简陋的渔具在加勒比海捕捉巨大的马林鱼。做这样不可思议的事情的人都是英雄，而那些永远不肯或不能越出自己限度的人是平庸的人。"

老人圣地亚哥，就是一个真正的英雄。无论遇到什么困难，他都不轻易放弃，不是在战斗就是在想办法继续战斗。当他把杀死的马林鱼拴在船边准备返航时，血腥味引来了一批又一批鲨鱼的掠夺。老人拼命与之搏斗，直到精疲力尽鲨鱼依旧围在他船边。

其实，只要砍掉钓索，放走那只大鱼，他就不用再受苦，他就不用生吃没有调味的鱼肉，就可以解放被钓索割得血肉模糊的手，得到充分的休息。但他依然坚持应战，直到他终于驶进小港，这时大鱼已经被鲨鱼啃咬得只剩一副骨架。老人没有因为丧失鱼肉而沮丧，也没有向别人炫耀自己三天三夜的战绩，而是像往常一样沉沉睡去。

人生本该如此，即使拼尽全力依然一无所获，也能坦然接受。他挑战了自己，以不屈服的态度证明了自己，精神上是丰盈而满足的。

人的生命，似洪水在奔流，不遇着岛屿、暗礁，难以激起美丽的浪花。当我们学会在痛苦中汲取力量，不断巩固自己的反脆弱能力，那么痛苦便会让我们更快成长，变得更强大。

真正的智者，从不逃避痛苦，而是在生命的历练中活出淡定与从容。逃避痛苦，只会越来越痛苦；学会面对痛苦，人生才会越走越顺。

每年清华大学的新生在收到录取通知书的同时，都会收到一本书。2021年，校长邱勇院士给新生的赠书正是《老人与海》。这部经典著作激励了一代又一代人，并且将继续传递下去。

海明威想告诉我们："一个人可以被毁灭，但是不能够被打败。"痛苦是人生的一部分，它考验着我们每一个人的品格和智慧。只有经受住考验的人，才能够享受到由痛苦转换而成的财富。

如果你瞄准月亮，即使迷失，也是落在璀璨星辰之间。

如何减轻执念带来的痛苦？
——从《了不起的盖茨比》中学会放手

原生家庭的伤害，年轻时没有追到的爱慕者，很期待但没有得到的 offer……这些事情，或许会一直霸占你的内心，让你久久不能释怀。看完《了不起的盖茨比》，了解了盖茨比的跌宕人生，你会意识到放下执念的重要性。从今往后，活在当下，探寻未来。

20 世纪 20 年代的美国，正是经济大繁荣的"爵士时代"。人们在经济泡沫的喧嚣中过着声色犬马、华丽空洞的生活。菲茨杰拉德的巅峰之作《了不起的盖茨比》，便是在这样的背景下完成的。

它讲述了盖茨比为弥补与初恋黛西的感情，在物质、欲望、执念的支配下一步步迷失自我，最终走向毁灭的悲剧。村上春树曾盛赞该书："如果它算不上伟大的作品，还有其他什么作品称得上伟大。"

初读时，为盖茨比求而不得的深情错付感到唏嘘。如今再读，才懂得一个人的执念太深，往往是悲剧的开始。

📚 往事如烟，学会翻篇

来自贫苦农家的盖茨比，从小便立志跻身上流社会。为此，他制定了严苛的计划，又在机缘巧合中救了大富豪科迪。应征入伍后，认识了当地富家千金黛西。

为了追求黛西，他编造自己的身世，谎称是身世显赫、毕业于牛津大学的富二代。很快，盖茨比和黛西两人陷入热恋，度过了一段美好温馨的日子。但随着"一战"的爆发，两人的甜蜜被打破，盖茨比不得不奔赴前线。黛西早已习惯被男人簇拥着的感觉，很快便恢复了社交，并在众多追求者中，选择嫁给纨绔子弟汤姆。

得知黛西已结婚的盖茨比，伤心之余始终坚信黛西是因为他的贫穷而离开，只要他变得富裕，黛西一定会重新回来。

带着这样的执念，盖茨比结识黑帮，通过走私烈酒赚得一大笔法外之财，很快就成为顶级富豪。归来后，他在黛西家对岸买下豪宅，每日挥金如土，举办一场又一场盛大的宴会，社会各阶层有头有脸的人物皆不请自来。夜夜笙歌的他，只盼望对岸的黛西能够偶然光顾一次。

讽刺的是，那些宴会上来来往往的人并不知道盖茨比究竟是谁，也没人见过他，而黛西也始终没有出现。黛西家码头的绿光，成了盖茨比可见却不可触碰的幻梦,他夜夜失落。

在印度流传着这样的谚语:"不管事情开始于哪个时刻,都是对的时刻。已经结束的,就已经结束了。"往事如烟,感情易散,人心易变。紧抓着过去不放,只会不断内耗,深陷精神的凌迟。与其懊悔,不如坦然接受,笑着让过去翻篇。持一颗随遇而安的心,珍惜当下,让那些过往的褶皱被未来的小确幸一一抚平。

📚 遗憾,也是人生的一场修行

黛西的远房表哥尼克,在得知盖茨比的故事后,被他的深情打动。在尼克的安排下,盖茨比终于见到了日思夜想的女神黛西。盖茨比带着黛西参观他的豪宅,整个屋子被布置得花团锦簇、富丽堂皇。黛西穿梭在成堆的华服中,为豪宅的奢靡连连惊叹。

盖茨比不是没有失望过,他甚至能感受到这个魂牵梦萦的女孩举手投足间都充斥着金钱的味道。但他害怕希望落空,依旧幻想着能与黛西重回五年前的浪漫。

很快,盖茨比不再满足于与黛西偷偷地见面。他需要黛西尽快在他和她的丈夫汤姆之间做出选择。在一次聚会中,黛西不小心将东西掉落在地,盖茨比帮她捡起时,两人眉目传情,明目张胆的暧昧被汤姆看在眼里。

两个情敌开始互揭老底。盖茨比挑衅汤姆,说黛西从未爱过汤姆,一直爱的是自己。汤姆则当众拆穿盖茨比伪造的学历,以及通过走私烈酒发家致富的家底。在那个阶级划分森严的时代，世袭贵族和暴发户完全是天壤之别。

黛西早已不是曾经那个纯真的女孩，她早就爱上了这种纸醉金迷的生活。在盖茨比焦急的等待中，黛西退缩了。她绝不能为了和盖茨比在一起而放弃优渥的贵族生活。

盖茨比付出了所有，五年前的遗憾却再次上演。只在刹那，他的世界再次坍塌。

生活中又何尝没有这些遗憾？那些没说出口的话，没挽留住的人，没抓住的机会，没实现的理想……

面对命运的无常，很多时候，我们不是没尽力，也不是没弥补；但有些事，有些人，注定只能陪伴我们一段旅程。有了遗憾，才有了期待，有了梦回时的千般滋味。遗憾，也是人生的一场修行。

当你内心强大了，懂得世事的无常，很多遗憾自然就化解了。

困于执念，必将毁于执念

一朝执迷不可怕，及时回头尚有展望之机。最怕清醒着沉沦，自掘深渊无可救。很多时候，不是不知道及时止损，而是心中的执念作祟，接受不了到头来幻梦成空。

盖茨比不断麻痹自己，认为只要黛西冷静下来，便会重回他的身边。回程中，情绪失控的黛西开车撞死了汤姆的情妇威尔逊，吓得花容失色。为了保护黛西，盖茨比决定承担所有罪责。由于害怕汤姆伤害黛西，盖茨比直到深夜仍在黛西住宅外徘徊。而此时的黛西，正在丈夫汤姆的安排下，准备离开这里。另一边，在汤姆的挑唆下，威尔逊的丈夫认定盖茨比就是杀人凶手。电话铃响，泳池中的盖茨比幻想着黛西决定同他远走高飞。他微笑着起身，却被威尔逊的丈夫一枪毙命。

盖茨比的葬礼冷清至极，当初宾客宴饮的场面有多喧哗，现在就有多孤寂。除了盖茨比的父亲，只有尼克到场。曾经的顶级富豪盖茨比灿烂的一生，就这样落下帷幕。

到最后一刻，盖茨比都不愿面对黛西不再爱他的事实。其实，他不是不知道黛西的自私无情，也不是不知道过去难再。但内心的执念，自己编织的幻梦，让他无法逃脱，最终葬送了他本该了不起的一生。与其说害死盖茨比的是那一发子弹，不如说，害死他的是心中难以释怀的执念。正如稻盛和夫所说："世界上最大的监狱，就是人的内心。走不出自己的执念，到哪里都是囚徒。"

一念起，可以万物生。执念太深，也会令万物灭。当一个人因为执念而失去理智，束缚在自我的牢笼里，就只能不断重复过去的遗憾。唯有放下执念，才能重获新生，一路寻到天光。

泰戈尔说："如果你因为错过太阳而流泪，那你也会错过群星。"人生如海，总有一些遗憾难以弥补，总有一些过去无法释怀。但这些黯淡的伤痛，会成为经验，成为答案，成为人生不可或缺的部分。如果总是执着于过去，也就失去了拥抱现在的机会。试着去接受，去放下，去与过往握手言和。只有这样，内心才会生出希望的光，重新指引前进的方向。

> 脚底下有阴影，只是因为你在面对太阳；看着太阳，就不要管你身后那些影子。

如何处理无处不在的焦虑？
——从《焦虑自救手册》中获取破解焦虑的钥匙

当今时代，焦虑好像成了社会性话题，离不开，逃不掉。每个人都想变得更好，但却陷入"越努力越焦虑"的尴尬境地，甚至越来越恐慌。而《焦虑自救手册》告诉我们：看透焦虑的本质，找到焦虑的根源，才能开启不疲惫的人生。

在心理学上，有一个概念叫"社会时钟"，它是美国心理学家伯尼斯·纽加藤（Bernice Neugarten）在1976年提出的。它的意思是：在社会环境中，每个年龄段都有对应的社会标尺，即什么年龄就要做什么样的事。如果偏离社会时钟，就会被人评头论足。这种社会标尺，通常是我们焦虑的根源。

十六七岁，正是读书的年纪，你成绩不好，就会产生焦虑；二十多岁，正是谈恋爱的年纪，你没有恋人，就会产生焦虑；年近三十，父母会催婚，你没有结婚，就会产生焦虑；三十出头，事业稳定，成家立业是标配，如果你没做到，就会产生焦虑……我们看着周围的人按照世俗的标准前行，就会不断给自己施加压力，告诉自己"我也要那样"。然后，焦虑的情绪就会无限蔓延。

📚 焦虑的本质

焦虑的本质，就是把大众眼里的"标配"当成了自己的人生目标。甚至有人为了过上"标配"的生活，节衣缩食、负债累累，一步步活成了焦虑的提线木偶。

其实人生并没有所谓的标准答案，每个人都有自己的时区，守好自己的节奏，才是真正的勇敢。

朋友大山在互联网公司工作，工作忙碌是常态，但大山坚持了3年多。后来大山升了职，成了项目经理，按理说应该是高兴的事，但大山却总嚷着累。客户找他，他说："客户又要改需求了，真累。"领导叫他开会，他说："又要做报告了，真累。"就连年底做总结发奖金，他也说："一年到头就这点钱，这么多事儿，真累。"

有人问大山："以前工作忙，也没见你喊累，现在当领导比以前干的活少了，怎么还天天喊累呢？"大山说："以前是身体累，睡一觉就缓过来了。现在是想得多，心累。"

每周的考核没完成，他急得吃不好睡不好，满脑子都是工作。和朋友聚餐吃饭，他提不起精神，聊的都是工作上的烦心事儿。不管能不能完成每个月的工作目标，功利心太强的他都会烦心懊悔，埋怨自己定高了或定低了。到了上班时间，他又提不起劲儿工作，沉不下心，有时大山甚至觉得自己活得很失败，没有价值。

其实大山的累，不是源自生活和工作本身，而是过度焦虑。我们总是马不停蹄地定下一个个高目标，被生活操纵，被焦虑牵着鼻子走，没有激情，只剩疲惫。

就像《焦虑自救手册》中所言："如果你一直饱受焦虑的困扰，这不是性格弱点，而是大脑的编码和设定出了问题，你要改变自己的思维方式和生活习惯。"

很多人生困境，不过是人胡思乱想、自我设置的枷锁。只有学会掌控自己的人生，一张一弛，有的放矢，才能消除精神上的疲惫，稳步向前。

破解焦虑的钥匙

在《焦虑自救手册》一书中，作者也给我们提供了破解焦虑的三把钥匙，送给活得很累的你。

第一把钥匙：接纳自己，改变想法

不管是广泛性焦虑障碍、惊恐障碍、广场恐惧症、健康焦虑障碍，还是社交焦虑障碍、升学升职焦虑障碍，我们首先都要改变自己的想法。那就是不要抗拒恐惧，也不要期望自己一下子成功。

每个人都会遇到这样或那样的问题，也都会遇到各种各样的挑战，大家怎么样想你，其实都没有你自己怎么想来得重要。正视自己的所有恐惧或焦虑，告诉自己这并不可耻。接纳自己，改变想法，才能告别焦虑。

第二把钥匙：即刻行动，告别完美

心理学上有一条原则：行为可以改变并塑造一个人。即刻行动不但能减少焦虑，还能让人告别万事完美的幻觉。

嘴上说着减肥，却还忍不住往嘴里塞食物；嘴上说要锻炼，说了一百次，却从未换上鞋子去跑一次；嘴上说着练习写作，却迟迟不想动笔……与其在自己幻想的未来中焦虑不安，不如即刻行动，从脚踏实地的实践中治愈自己。要知道，生活中并没有真正的完美。过度追求完美，往往会让人迷失。而实际的行动则会让人在了解自己的过程中清醒着进步。

第三把钥匙：活在当下，乐观一些

被焦虑困扰的人，即便没经历过创伤，也会对未发生的灾难产生恐惧。而破解内心焦虑的钥匙之一，就是保持乐观，活在当下。

霍金 17 岁考上剑桥大学，却在 21 岁的时候得知自己患上了不治之症。那时的他整日焦虑不安，还经常失眠，后来他梦见自己虽然瘫痪在床，但还是用物理学帮助了很多人。于是霍金振作起来，在精神上"站"了起来，摆脱了焦虑的心态后，霍金哪怕在轮椅上，也一样做出了举世瞩目的成就。

生活中的各种焦虑，有的来自对过去的悔恨，有的是对未来的担忧,还有的是对环境、人事的焦灼,但本质上,这些焦虑大多是因为认知与现实的偏差。

《焦虑自救手册》告诉我们,在焦虑情绪中我们可以自救,一切终将会过去。接纳所有的恐惧与情绪,与自己和解,让焦虑顺其自然被破解。希望你努力,但也别焦虑,不为物役,不被他人累,你和你的生活的决定权,都在自己手中。

你不一定非得长成玫瑰,你乐意的话,做茉莉,做蔷薇,做无名小花,做千千万万。

情绪过于敏感怎么办?
——从《红楼梦》中学习"钝感力"

如果你总是因为别人无心的一句玩笑或一个举动而纠结很久,
对周遭的环境和事情,也会比其他人敏感很多,那么这些迹象
都在表明,你是一个"高敏感"的人。如何摆脱高敏感带来的痛
苦?经典名著《红楼梦》或许能帮助你找到答案。

大观园里,姹紫嫣红,百花竞放。红楼女儿们恰如那些亭亭盛
开的花朵,各美其美,或风流婉约,或气质如兰,或经纶满腹……

《红楼梦》里的女子,大多聪明睿智,但人这一生,并非仅凭
聪明就能活得自在。黛玉心似比干,七窍玲珑,却命途多舛,红颜
早逝;探春精明能干,但始终对庶出身份无法释怀,自卑感如影
随形……

敏感系数高的人对外界感知迅速,却往往思虑太重,故而活得
很累。人生实苦,悲喜自渡。想让自己过得好,不妨迟钝一点,心

大一些。以欢喜心过生活，以钝感力渡劫难，这样活得更自在洒脱。

📚 以"钝"应对命运无常，方能向阳而生

曹雪芹笔下的香菱，原名甄英莲，出身书香门第，自小被父母视若珍宝。

按照正常的人生轨迹，她本应在家人的精心呵护下成长，一路饱读诗书，成为窈窕淑女，再配一个门当户对的如意郎君，一生无忧。

然而，命运却在不经意间对其展现出狰狞面目。她3岁被拐，整天惊恐度日；12岁被卖，从此为奴为妾。

从身娇玉贵的千金小姐，沦为受人驱使的卑贱妾室，命运之轮急剧翻转。换作旁人，若遭此劫难，恐怕早已消极沉沦，破罐破摔。

香菱却不然。卖与薛霸王为妾的她，第一次出现在读者面前，是"笑嘻嘻地走来"，仿佛驱散阴霾的一道阳光。没有苦大仇深，没有阴郁满面，面对这个对她极尽残酷的世界，她选择一笑置之。

别人问她家乡何处，她摇头说"不记得了"，旁人为其叹息，她自己却毫不在意。对于逝去的美好和曾经的苦难，"不记得"就对了。与其纠结命运的错位，不如屏蔽所有，活在当下。

香菱虽身陷淤泥，但心向阳光。生命以痛吻她，她却与诗书为伴。薛蟠外出，香菱得以在大观园小住。她抓住这个难得的机会，

孜孜不倦地学起了作诗。

诗书的滋养，给予了她源源不断的能量和对生活的崭新向往。池边树下，山石径旁，有她思索的身影；夜里梦中，精血诚聚，有她偶得的佳句。她废寝忘食，如痴如醉，疯魔成狂……让诗歌成为照亮生命的一道强光。

往事不堪回首，却也无须回首；人生的裂缝，亦是光照进来的地方。命运的波谲云诡，人间的残酷苦楚，顷刻间荡然无存，只留下一片滋养灵魂的沃土，让香菱得以一心向上，逆风飞扬。

宝钗说她"呆头呆脑"，曹公称她为"呆香菱"。呆，即是钝，是她应对悲苦的法宝。经历过命运暴击，见识了人生无常，对所遇烂事不耿耿于怀，以钝感应对困境，方能从容面对生活。

在痛苦面前，保持迟钝，向阳而生，方能重建美好，收获不断前行的勇气和智慧。

📚 以"钝"应对生活落差，方能永葆初心

《红楼梦》为读者描绘了一幅封建贵族世家的生活画卷，也展现了一群京城顶级富人的日常。

冬日的大观园银装素裹，仿若琉璃世界，而贾府名媛，却比风光更加旖旎。她们身穿名贵大红猩猩毡和羽毛缎斗篷，傲立雪中，像红梅般绽放。但其中一人，荆钗布裙，在一众光彩照人的金钗面前，显得寒酸简陋，不甚和谐。她却安之若素，坦然自得，与众人

联句作诗，丝毫不见窘迫之态。

她就是邢岫烟，荣国府邢夫人的侄女，也是贾府的"穷亲戚"。大观园中的众姊妹，出身大多显贵，不是侯门公府，就是清贵世家，只有邢岫烟，家境贫寒。

"四美"同来贾府，其他姑娘皆来走亲戚，岫烟却是跟随父母来投亲靠友，寻求帮扶。眼见同行的宝琴得万千宠爱，李纹姐妹受人重视，唯独自己被冷落一旁，遭人冷眼。换作心思敏感之人，早就羞愧难当了。但她并没有惶恐不安、顾影自怜，而是气定神闲，悠然淡远。

"云无心以出岫"，人如其名，她身上自有一种青山隐隐，云烟袅袅的返璞归真之态：没有华衣美服，她也没有找借口不来，而是落落大方，积极融入诗社；宝钗帮她赎回棉衣，她心存感激，并未寻思对方会不会看不起自己；寄居迎春房中，被势利的下人们欺负，她平和以对，从不钻牛角尖……对身外之事，市侩之人，她从不恣意揣度，不介怀着恼，与其说内心强大，不如说她拥有坚忍的钝感力。

不艳羡他人的富贵，也不因自身的穷困而自卑。邢岫烟明白，有人生而富贵，有人生而穷困，既无法改变，便不必介怀。而就是这种闲云野鹤般的自在，最终让岫烟赢得了众人认可，并收获了一段好姻缘。

不因人生落差而懊恼，以钝感面对自己无法掌控的局面。做好当下力所能及的事，才能初心如磐，笃行致远。

📚 以"钝"应对人生磨难，方能笑对生活

《红楼梦》里，有史湘云的地方就有无限欢乐。

书中，她一出场，就在"大笑大说"，自带喜感；她组局"螃蟹宴"，发动烤鹿肉，带领众人吃得过瘾，玩得上瘾；她扑雪人，放鞭炮，醉卧芍药丛，对抢争联句……把欢乐传递给每一个人。不惺惺作态，不矫揉造作，她是真正的活泼开朗，达观乐天。

然而，这样一枚人见人爱的开心果，其实自小就经历了种种人生磨难。尚在襁褓中，父母就离世，被叔叔收养，寄人篱下；表面是侯门千金，内里却承担下人的工作，不但要辛苦干活，还得看婶婶的脸色度日……

同样是孤儿，同样寄人篱下的黛玉，有外祖母疼爱，有宝玉呵护，但她还时常愁眉长叹。湘云却毫无怨言，坦然接受坎坷的命运，非但对自己的苦难不萦于心，还劝慰黛玉，让其心宽。自己淋着雨，还想着为别人打伞，她热忱直爽，一派天真。湘云在《咏海棠》诗中写道："蘅芷阶通萝薜门，也宜墙角也宜盆。"这正是其人生态度的写照：寄居叔叔家，辛苦劳累，孤立无援，她不作"司马牛之叹"，坦然面对磨砺；来到大观园，她得以片刻轻松，吟诗作对，赏雪观花……极力让自己开心，也把快乐带给别人，尽情享受当下。

人们常说："是真名士自风流。"湘云心胸开阔，洒脱不羁，某种意义上也契合了潇洒率性的魏晋风度。人这一生，总会经历各种磨难。而有一种人，就像蒲公英的种子，风把他们吹到哪儿，他们

就在哪儿落地生根；命运把他们抛到哪儿，他们就能在哪儿开花结果。他们不在挫折中内耗，不在痛苦中沉沦，不让过往的遭遇成为羁绊自己的障碍。任风吹雨打，我自岿然不动。

这世上，聪明人很多，真正快乐的却没有几个。如果你觉得聪明太累，不妨试着迟钝一点。敏感是一种天赋，而钝感才是一种让自己过得更好的能力。

人生不如意十之八九，别纠结，别萎靡，别回头，往前走。以平常心看世事，用钝感力过生活。行到水穷，不妨坐看云起；浮云蔽日，就等到云开雾散。如此，目光所及，皆是星辰大海；心之所期，俱是春风十里。

哪怕是世界上的微尘，太阳一出来，也是有歌有舞的。

总是胡思乱想、情绪内耗怎么办？
——从《蛤蟆先生去看心理医生》中找到情绪根源

你是不是经常这样？考试还没开始，就担心自己考不过；工作稍有失误，就担心领导对自己的看法，因此彻夜辗转难眠；对方一旦没及时回复信息，就开始胡思乱想……"内耗病"流行的当下，我们都急需给自己的心灵减负。而这本《蛤蟆先生去看心理医生》，或许能帮你在内心的感性和理性中找到一种平衡。

　　蛤蟆先生，是一只不整天幻想吃天鹅肉的好蛤蟆，集富二代、好男人于一体。在别人的眼里，他温文儒雅，风度翩翩，住着豪宅、开着跑车、当着校董，不抽烟、偶尔品酒，生活自由且快乐。

　　但俗话说："世上的事情，件件藏着委屈。"蛤蟆先生最近就因为一些变故，变得越来越抑郁。他开始失眠、酗酒、不打扮，整天窝在沙发里，把自己搞得邋里邋遢。他会在深夜痛哭，听悲伤的音乐，仿佛坠入了深渊，成了井底之蛙。

在朋友们的帮助下，蛤蟆先生找到了心理咨询师苍鹭。在苍鹭的引领下，他开始勇敢地探索自己的内心，不断地认识自己、接纳自己、改变自己。10 次心理咨询，犹如一架人生爬梯，让他从井底一步步向上攀登，最终实现自我蜕变。

这是一本非常专业的写给成年人的心灵疗愈书。简单来说，这本书的内容可以概括为：一个前提、两种思维、三种状态、四个坐标。

📚 一个前提

改变的唯一前提是认识你自己，只有真正地认识自己，正视自己，才有可能走出自我困境。

蛤蟆先生第一次拜访苍鹭的时候，苍鹭开门见山道："你今天怎么样？"蛤蟆先生脱口而出："挺好的，谢谢你。"

尽管蛤蟆先生并不好，但习惯告诉他应该这么回答，为什么会有这样下意识的反应呢？因为，我们从小就被大人灌输了这样的观点：表现悲伤、愤怒这样的负面情绪是无能懦弱的表现，是会被嫌弃和厌烦的。

于是，我们学会了欺骗自己，隐瞒自己的真实情绪，好像只有这么做，大人才会开心，我们也就不会受伤。

当苍鹭让蛤蟆先生描述自己真实感受的时候，他一时半会儿也弄不清自己有什么情绪。当蛤蟆说"我就是一个不会生气的人"的时候，苍鹭识破了他为自己编织的假象。

蛤蟆意识到，他不是不会生气，而是选择了另一种方式生气。

当蛤蟆说"我很好"的时候，苍鹭让他看清了自己的悲伤与绝望。

他不断追问蛤蟆的真实感觉，因为真实才是了解内心世界的入口。

当蛤蟆责怪身边的人如何误解他、让他伤心的时候，苍鹭点破了他最大的谎言：没有人能让你不快乐，是你自己选择了让自己不快乐。

改善情绪的第一步正是认识你自己，分辨你内心的真实情绪。

为了让蛤蟆先生的情绪量化可见，苍鹭使出了"情感温度计"的方法：温度计被划分为 10 个刻度，最低为 1，代表非常糟糕，可能想自杀；5 分代表还能承受；最高分是 10 分，表示非常愉悦。

蛤蟆先生第一次给自己打了 1~2 分，随着咨询次数的增加，他给自己的打分越来越高。这种打分机制不是考试，不用刻意在乎分数本身，只需将内心的感受真实呈现，从而进一步了解自己、做出调整。

蛤蟆先生完成第一次咨询，离开的时候问了苍鹭一句："你认为我会好起来吗？"

苍鹭回答："我相信每个人都有能力变得更好，我也会对你倾注我全身心的关注。但一切归根结底都取决于你，能帮你的人是你自己，也只有你自己。"

📚　两种思维

生活中，我们经常会看到偏于理性的人，或者偏于感性的人，但真正厉害的人，是理性与感性并存。

在接下来的咨询过程中，蛤蟆先生逐步意识到，每个人的大脑里，都存在着两种思维模式——理性思维和感性思维。蛤蟆先生一开始选择抑郁，其实就是选择了感性思维，像个婴儿一样，只做出本能反应。而当他接受疗愈、愿意剖析自己的时候，就是回归了理性思维。

什么是理性，什么又是感性呢？简单来说，理性就是一个人对某一件事能够做出理智的分析和判断，头脑不发热，决策不冲动；而感性则是一个人对待某一件事完全凭借心情，容易感情用事，不计后果。不同的事情有不同的处理方式，不能说一个人理性好，也不能说一个人感性不好，这要看事情的本质面貌。

于丹曾说："我们需要一种清明的理性，这个理性是在这种嘈杂的世界中拯救生命的一种力量。同时，我们也需要一种欢欣的感性。这种感性之心可以使我们触目生春，所及之处充满了快乐。"所以，有时候感性和理性是需要并存的。太过感性的人容易情感用事，太过理性的人容易教条死板。正确的做法是，寻求感性和理性之间的平衡。

当你感受到快乐时，你要让感性尽情飞驰；当你感受到痛苦时，要让理性来干预感性从而减轻不适。

📚 三种状态

每个人都有儿童、父母以及成人三种状态，三位一体，成年人之所以痛苦，恰恰是因为不在成人状态。

苍鹭在蛤蟆先生咨询的过程中，将我们的人生分为：儿童、父母、成人三种状态。

1. 儿童自我状态

当一个人处于儿童自我状态时，他会下意识用童年时的习惯作出反应，表现出像孩子一样的感受和行为。在这种状态下，他会本能地顺从和依赖他人。遇到挫折后，会在脑海中反复再现过去的情形，体验压抑的痛苦情绪，这种状态下学不到任何新的东西。

2. 父母自我状态

处在父母自我状态的人，不是在挑剔别人就是在挑剔自己。他们会用言行重复父母那里学到的是非观和价值观，想方设法让别人接受自己的这套想法。他们甚至会将审判的矛头指向自己，进行毫不留情的自我批判。

3. 成人自我状态

在成人自我状态的时候，我们能摆脱情绪化的控制，合理地计划、考虑、决定、行动，用知识和技能解决当下的事情。

成人自我状态，是唯一能学到新知识的状态。因为在儿童自我状态里，只是在体验过去的情绪；在父母自我状态里，不是挑剔就是在教育别人，这两种状态都学不到新东西。

那么，我们该如何适时调整为成人自我状态呢？其实，这又回归到了第一个话题——认识你自己。你需要不断思考你是谁？你从哪里来？你要到哪里去？你该如何才能到那里去？

蛤蟆先生在认真分析后意识到，成年的他其实一直处在儿童自我状态。童年的蛤蟆，出身显赫，却一直不快乐。父亲时常对他批评责备，母亲则是对父亲的权威百依百顺，很少去拥抱、安慰孩童时的蛤蟆先生。为了讨好父母从而获得他们的爱，童年的蛤蟆先生不得不做出顺从、取悦、道歉、依赖等行为，并逐步形成了依赖及取悦型人格。

顺从导致蛤蟆把依赖当成生活本身，童年依赖父母，成年则依赖外界的肯定。一旦收到否定反馈，他要么取悦别人，要么自我批判，痛苦不堪，所以一直长不大。而成长的本质就是逐渐打破依赖关系，拥有独立人格。

"每个孩子生下来都是一张白纸，父母就是作画的人，白纸变成怎样，关键在父母。"成年人的行为习惯都是从童年学来的，这种行为习惯也会潜移默化地影响人的一生。

📚 四个坐标

苍鹭曾问过蛤蟆两个问题。

第一个问题是：你是怎么看自己的？你好吗？

第二个问题是：你是怎么看别人的？他好吗？

根据这两个问题的回答，产生了以下四种人生坐标：

1. 你好，我不好

处在这个坐标的人认为自己是生活的受害者，无法掌控人生，从而产生焦虑、抑郁、自责等情绪。

2. 我好，你不好

处于这个坐标的人常常会占据关系中的制高点，时常攻击、指责别人，产生愤怒、挑剔、指责等情绪。

3. 我不好，你也不好

处于这个坐标的人更确切来说是"犯罪者"。既自卑又自大，既自我贬低也攻击他人，情绪反复无常，很容易产生报复社会的行为。

4. 你好，我也好

这不仅是一种状态，更是一种选择和承诺。你相信自己是好的，更相信别人是好的，通过行为和态度，持续对自己和别人展现美好。

人生这四个坐标，你选择什么坐标就决定了你将成为什么样的人，"你好，我也好"是我们奋斗的终极目标。

蛤蟆先生在最后一次进行心理咨询时，放弃了以前迷恋的汽车，选择骑自行车到苍鹭那里。他欣赏沿路的风景，聆听大自然的声音，觉得身心愉悦至极。到达苍鹭那里后，苍鹭一如既往地问他，感觉怎么样。

蛤蟆这次毫不犹豫地说："我感觉好极了。"他已经在着手规划未来，不像以前只是想一想，而是真正有细节、有日程、有行动。蛤蟆先生给自己的"情感温度计"打了9分，并把自己的人生标记在"你好，我也好"的坐标里。

因为此刻，他内心有足够的安全感，相信自己的成长和能力，同时也欣赏他人的优点，能够与他人很好地合作，相互促进。

在和蛤蟆先生的面谈中，苍鹭也收获了成长，他不再像以前那么教条、严苛。他对蛤蟆先生说："在咨询中，学习一直是个双向的过程，只是彼此学到的东西不同。"

苍鹭把这个过程称之为共生，共生意味着接纳自我和接纳他人，在联结中共同成长。共生表现在情绪反应上就是共情，而共情能力有一个前提，就是我们首先要爱自己。

一个人和自己的关系决定了这个人与外界的关系。一个内心有爱的人更容易传递出爱，一个内心充满仇恨的人必然会向外界投射更多的仇恨。唯有懂得爱自己，不断提升自己的人，才能成为一束光，去照亮他人。

心理学家荣格说："没有任何一种觉醒是不带着痛苦的。"与其沉溺于悲伤之中，不如直面自身的痛苦，不再避开它、掩饰它、否定它。

　　所谓活得真实，就是真诚地回应当下的需求。让真实的自我摆脱过去经历的束缚，在自由中成长为真正的自己。

　　　　　　　天空黑暗到一定程度，星辰就会熠熠生辉。

为什么我们感觉快乐越来越难？

——从《活出心花怒放的人生》中学习幸福的秘籍

人好像总是越长大，越难感受到快乐，日子总是烦恼叠着烦恼，麻烦赶着麻烦；每天都是浑浑噩噩，上班下班，两点一线。忘了上次开怀大笑是什么时候，忘了生活里还有什么事值得庆祝……如果你最近有点不开心，不妨读读这本《活出心花怒放的人生》。试着在一成不变的生活里，修炼属于自己的"幸福力"。

网络上曾有人问："什么是真正意义上的幸福？"一个高赞回答是："幸福不是你得到了什么，得到了多少，而是你刚好得到了你想要的。"

每个人对幸福的理解和感受都不一样。有人锦衣玉食，却总不开心；有人粗茶淡饭，却能乐观知足。幸福与金钱、地位不是绝对对等的关系。

《活出心花怒放的人生》一书告诉我们：幸福是一种能力。幸福与否，与外部条件关系不大，而很大程度上取决于我们如何看待这个世界。路走对了，才能遇见幸福。

📚 走出幸福误区，驱散心灵阴霾

曾读过这样一个故事。

一位年轻女孩生病了，对来看望她的朋友不断诉苦："医生说我是积郁成疾，你看我的命多苦。小时候只能喝稀粥，别人家孩子吃大米饭；等我吃上了大米饭时，别人家天天吃饺子；当我吃上饺子时，人家却又大鱼大肉；现在有鱼有肉了，别人又买了汽车、别墅。我总是跟不上别人的步子，我的命怎么这么苦！你看你多幸福，依然年轻漂亮，还有一个好老公疼你。"

朋友听了，微笑着回答："我们的经历差不多，只是我比你想得开。喝粥时，我想到的是不再饿肚子了；有了大米饭，觉得比喝粥强多了；每天有饺子吃，那就和以前过年一样。回头看这些日子，一步一个台阶，越来越好。说到漂亮，当年不都是人人夸你？你的老公对你不是百般照顾？你什么都不比我差，差的是心态！"

乐观和悲观的人看待事情的方式往往并不相同。乐观的人看到的是人生越来越美好，悲观的人看到的是所有事的不如意之处。正如日本作家松浦弥太郎所说："所谓人生困境，不过是你胡思乱想，自我设置的枷锁。"很多烦恼，都是因为想要的太多。

心理学家希娜·艾扬格做过一个果酱实验。她在超市里摆出各类果酱供顾客选择：一天摆了 6 种，另一天摆了 24 种，想测试哪天顾客购买量更多。结果显示：顾客在面对 24 种果酱时，出现了选择烦恼，反而不愿意购买了。选项太多固然吸引人，但同时也让人迷茫。

生活中，许多人被物质欲望奴役，以为外在拥有越多，幸福感就越强，因此拼命地赚钱。久而久之，很多人也陷入了对金钱和幸福的认知误区。现代人之所以不快乐，最常犯的错就是把手段（赚钱）当作目标（获得幸福）。然而，赚钱本身并非目标，它只是我们获得幸福的手段，如果把获得幸福这个真正的目标抛之脑后，而把赚钱本身当成目标，就是典型的本末倒置，也就更难获得真正的幸福。因为只想挣钱的念头会让人忽视生活中其他积极的体验，当金钱与家庭产生冲突时，还会造成精神压力。其实，少而精，人的生活质量才会提高，幸福感也会得到提升。

《瓦尔登湖》的作者梭罗，虽然在生活上物质极简，却内心丰盈，活得洒脱。心灵自由和精神上的富足，才是一个人真正的需求，比如健康、亲情、友情、工作、学习、运动等。恰恰是这些基本的需求，最能提升幸福指数，这些才是我们人生的终极财富。

📚 感知幸福，选择有意义的快乐

很多人都有这样的感受：身处这个变化的时代，人们的心理问题、心灵危机越来越不容忽视。

工作累了一天，回家躺着休息很快乐，但如果一直这么躺着，也就没意思了。学习太紧张，放松一下很快乐，但如果没日没夜地玩，人也会感到很空虚。而当我们为生活设定积极的目标，就能体验到一种温暖而持久的幸福。

《活出心花怒放的人生》的作者彭凯平教授认为，幸福不是简单的生理满足，也不依附于攀比，而是一种有意义的快乐。拿工作来说，除了养家糊口之外，如果能让自己找到别的意义，就有可能在此基础上让自己活得开心积极。

一个人能在工作和生活中，找寻到意义，实现自己的价值，这种快乐才是发自内心的。

《活出生命的意义》的作者弗兰克尔的故事也是如此。

他曾被关入集中营，遭受非人折磨，却凭借着自己赋予生命的意义活了下来。

有一次，在寒冷的冬天，弗兰克尔不得不忍着饥寒和脚伤，跟大家去工地干活。就在这时，他忽然想象自己正站在明亮、温暖的讲台上，对着一群学生，给他们讲授集中营心理学，从科学的角度观察和描述自己所遭遇的一切。

他用这种方法，将当前所受的痛苦看作自己心理学研究的有趣对象，并确信"一切都是值得的，眼前的苦就不再是苦"。回归社会后，他用这种意义疗法帮助了很多迷茫的人，帮助他们发现自己的价值和生活的意义。

歌德说："人之幸福，全在于心之幸福。"打开不同的窗就会看到不同的风景。你怎样看待生活，生活就会怎样回报你。

路走对了，就会遇见幸福

你有没有这样的经历：在图书馆里看一本好书，不知不觉忘记了时间；运动的时候越来越开心，坏心情好像全部消失了；突然对某事顿悟，困扰你很久的问题因此迎刃而解……

在这些时刻，你会体验到一种特别温馨的感觉，那种快乐的状态能持续好久。每个人都有自己的幸福，我们要追寻的，是属于自己特有的幸福。

研究表明，积极心态是人类的天性。幸福不需要你多努力，但需要你会转弯，找到通往快乐之路。想要活出"心花怒放"的人生，不妨试试以下这三种路径。

1. 行为改变心态

在《活出心花怒放的人生》中，作者彭凯平教授讲了一个他自己的故事。

有一次，他不小心撞翻了电脑旁的咖啡，电脑立马黑屏、死机。想到可能丢失的文稿，一股懊悔、自责的情绪在他心中升起。可他猛然想起，眼前发生的事正和他打算写的主题相关：别让消极情绪控制你。

于是他很快调整好心情，开始集中精力解决问题，把损失控制在最小范围。有的人在遇到类似的事情时，可能会陷入负面情绪，不断懊悔，甚至脑补出很多麻烦的后果，不断地哀叹："天啊，一切都毁了，我还没来得及备份，白忙活了。"

遇到问题，及时转向正面的心态，才能快速解决问题。

2. 焦虑时，停一停，调动嗅觉，配合深呼吸

人的大脑中有个情绪加工中心——杏仁核，就在我们鼻子后面，可以不经大脑，直接通过嗅觉产生反应。焦虑沮丧时，闻香可能是调整情绪最快的方法。所以家里准备点精油、香氛，心情不好时洗个澡，换上新衣服，闻闻清新的空气，会让人很开心。

还有一个方法是深呼吸。当我们的副交感神经通过深呼吸被激活时，心情就会变好。所以人在生气时深吸一口气，往往就可以安静下来。

3. 沉醉于某种爱好

哲学家罗素曾说："一个人感兴趣的事情越多，快乐的机会也越多，而受命运拨弄的可能性也越少，因为他失掉一样，还可亡羊补牢，转到另一样上去。"人们在做自己爱做的事情时，更容易沉浸其中。比如喜欢摄影的人，为了拍出满意的作品，即使要跋山涉水，仍然孜孜不倦；喜欢音乐的人在欣赏音乐的节奏和韵律时，也享受着它所传递的情感。拥有一项长期的爱好，能带给人快乐和幸福。

人活一世，总会遇到高峰、低谷，把心放宽，把事看淡，才是智慧。生活的神奇之处在于，一旦转变心态便能看到不一样的风景，保持积极乐观的心态，勇敢地穿过幽暗的山洞，终会迎来柳暗花明。

而幸福的开关，就在你自己手中。

相信尘埃里会开出一朵花，因为曾有漫天星光，亮透胸腔。

人生低谷，该如何自我拯救？

——从《穿过悲伤的河流》中获得自愈能力

生活波澜，命运起伏，这世间有太多事不能如我们所愿。也许是工作中的失意，也许是感情上的伤害，也许是金钱上的亏损，又或者是健康上的困扰……如果你此刻身处低谷，如何才能从内心出发，获取冲出逆境的力量？《穿过悲伤的河流》告诉我们：自愈，或许是唯一的答案。

美国知名记者卡罗尔·史密斯说："痛苦是生命的一部分，也是愈合的一部分。"她就职于《西雅图日报》，连续7次获普利策奖提名。她采访过无数人，亲历过生离死别，写过数百篇报道。

为了鼓励他人，更为了救赎自己，卡罗尔用7篇最为震荡人心的故事编成了一本书——《穿过悲伤的河流》。此书一经出版，便被无数人当作救命稻草般抓住，不少读者评其为"在生活中挣扎的人必读之书"。这些故事会让一个人明白，每个人都曾伤痕累累，但自愈力却是无边苦海中救命的唯一浮木。

📚 人生，就是一条"悲伤的河流"

当你翻开这本书，首先会看到卡罗尔像外科医生一样，解剖自己的故事。

她曾经人生顺遂，却在儿子出生那一刻，陡然滑向深渊。儿子克里斯托弗尚未出生时，就被查出了发育缺陷：尿路堵塞、肾功能受损……即便得到及时治疗，孩子也很难摆脱后遗症。但在卡罗尔的不懈努力下，克里斯托弗顽强地活了下来，还在 7 岁这年，被医生推测有痊愈的希望。这一刻，卡罗尔如释重负，庆幸自己熬出了头。

这年圣诞节，她精心准备了家庭聚餐，为每个人挑选了礼物，还提前学了几道拿手菜。一个明媚的下午，卡罗尔迈着欢快的步伐回到家，未曾想噩耗竟突然降临。医院打来电话，说克里斯托弗突发肠梗阻，经抢救无效死亡。卡罗尔的世界，在得知这个消息的那一秒轰然倒塌，她站在内心的废墟上，不知所措。

之后很长一段时间，她过得醉生梦死，直到看见了《西雅图日报》上的一条公告，才缓缓回过神来。那是国立卫生研究院的一篇文章，科普了一种儿童早衰症。卡罗尔看完后，忽然萌生了一个念头，她要去采访这些孩子，听听他们的故事。

而这一起心动念，改变了她之后 20 多年的生活。她的采访范围从生病的孩子逐渐扩大到形形色色的人，他们来自不同的国家，有着不同的信仰，却诉说着人生共同的难题。

在书里，卡罗尔感慨地说："人生，就是一条充满悲伤的河流，河上的每一天，我们都可能溺水。"有人好不容易找到工作，转眼就被裁员；有人刚还完房贷，父母又生病住院；有人看上去幸福美满，却面临离婚的痛苦；有人拼尽全力，可日子还是毫无起色。偶尔在一闪而过的社会新闻里，我们能看到人生百态：五大三粗的中年男人在地铁里痛哭；精明能干的事业女性只想被母亲抱抱……无论贫富贵贱，人总会在一瞬间崩溃。人生是趟苦旅，活着则是一趟顶辛苦的差事，头破血流少不了，磕磕绊绊是常态。命运刮起的一阵小风，就足以将生活吹翻；突如其来的意外，总打得你措手不及。这不是某个人一时的倒霉，而是所有人都有可能面临的困境。

📚 弱者自卑，强者自愈

心理学上有一种心理障碍叫"延长哀伤障碍"。意思是，当人无法接受悲痛的事实，就开始以弱者自居，导致长时间无法回归正轨。卡罗尔在儿子去世后，表现出的就是这种典型的心理障碍。她每天生活在恐惧中，躲在家里谁也不见。要不是采访这份工作，她可能一辈子都走不出来。

因为采访，她认识了男孩赛思。赛思刚刚 10 岁，却衰老如八旬老翁，他被明确告知，早衰症很难痊愈。然而，这并不妨碍赛思成为一个快乐的小男孩。他是家里的孩子王，会带着弟弟妹妹四处探险，从垃圾场淘宝，在树林里捉迷藏，或者去野外的星空下露营。他会给幼儿园的小朋友读故事，穿着大恐龙衣服演怪兽，气喘吁吁地追着孩子们跑，他比任何人都快乐。他时常拉着愁眉不展的爸妈去散步，一路上说着各种笑话，完全不像个病人。

当全世界都放弃他的时候，赛思正在靠自己痊愈。他身上的这种自愈力，卡罗尔还在另一个人身上看到过。这个人被突如其来的火灾毁了容，但他却从不害怕站在镜子前，审视自己变了形的脸。他说："我没有必要在陌生人面前掩饰真实的我，更没有必要对自己掩饰。我可以躲在黑暗里，但我更想走到阳光下，开心地活下去。"多么坚强的人才能在厄运降临后，说出如此明朗的话。

作家格雷格·S·里德曾说："在挫折面前，大多数人都会停下来，因为他们没有认识到这只是旅程的一部分。挫折和失败能让我们知道哪条路行不通，这样，我们便能把精力集中到行得通的道路上。"

如何认识和对待人生里的苦痛，向来是强者与弱者的分水岭。大部分人的路会被挫折挡住，但强者却会集中精力正面迎战。人生很难，但难不倒内心强大的人。因为他们明白，世界再张牙舞爪，只要不认输，就能逆风翻盘。命运给我们很多考验，然而一旦踏进生活的河流，唯有强者才能一路向前。

📚 如何获得自愈力？

自愈者痊愈，卡罗尔意识到这点，是从认识那位退伍老将军开始的。老将军心高气傲，却不想因为一次严重的脑出血，成了"废人"，从此变得暴躁易怒，第一次见卡罗尔的时候，竟粗鲁地把她轰了出去。

可谁曾想，仅仅两周后，老将军就致电向卡罗尔道歉，并邀请卡罗尔再次登门。但这次，卡罗尔明显感觉老爷子不一样了，眼睛里有了光，声音也洪亮了许多。老将军告诉卡罗尔，从上周开始，他正式向这幅残躯宣战：白天积极配合康复训练，晚上读书、听音乐，写回忆录。没想到这些事竟让他的心境豁然开朗。

这些采访让卡罗尔深受启发，她也在自我疗愈之后，从伤痛中走了出来。如何面对生命中突如其来的打击，她在书中给了我们以下这些解药。

1. 六神无主时，工作

在书里，卡罗尔不止一次感恩报社，要不是这份工作，她永远没有理由说服自己好起来。

人一旦忙起来，就不会轻易陷入回忆中无法自拔。如果你也深感迷茫，不妨像卡罗尔一样，为自己找点事做。

忙碌，是遏制胡思乱想最好的办法；行动，会让我们实现更大的价值。

2. 孤独冷清时，跳舞

卡罗尔说自己最害怕夜晚，因为太冷清、太孤单。忍无可忍时，她会叫着闺蜜去跳舞，嘈杂热闹的舞池，顿时让她对生活有了知觉。一支支舞跳下来，大汗淋漓，筋骨舒展，再回家洗个热水澡，就能安稳地睡去。其实，跳舞、跑步、登山……任何一项户外运动都是治愈身心的秘诀。

3. 苦闷压抑时，交谈

受过命运重伤的人，或许都有一段自闭的经历。没有想见的人，没有要说的话，性格越来越孤僻，内心越来越压抑。

这个时候，要刻意提醒自己走出去，例如可以找个聊得来的人谈一谈。就像卡罗尔，当她大胆地把心事说出来，才发现别人并没有幸灾乐祸，也没有恶意中伤，反而自己心里轻松了不少。

4. 委屈绝望时，读书

毛姆曾说："养成阅读的习惯等于为你自己筑起一个避难所，几乎可以避开生命中所有的灾难。"读书能构建起一个人的精神家园，给心灵搭起避雨的屋檐。卡罗尔从小爱看书，儿子去世后，她更是手不释卷，阅读了大量的哲学书籍。渐渐地，她的思维境界有所提升，不再固守着自己的委屈绝望。人生在世，难免遭遇挫败，处于低谷时不妨多读点书。

卡罗尔说，《穿过悲伤的河流》是一本关于伤痛的书，但又是一本关于爱、生活、坚强和快乐的书。在一个又一个因意外而改写的人生故事中，卡罗尔学会了去接纳和理解，然后无所畏惧、抬头向前。

故事最后，卡罗尔写道："每个人面临的最大挑战，其实是自己的心。把心安抚好，让自己坚强起来，你就具备了抵御任何创伤的自愈力。"

莫泊桑说："人的脆弱和坚强都超乎自己的想象。"弱者自顾自怜，听天由命；强者坦然接纳，自我治愈。

愿你经历人生的颠簸后，有爬起来的决心，又有走下去的毅力。无论前方风雨多大，都能一往无前。

当自己成为解药，就没有治不好的伤。

第二章　认知篇

人生自修

普通人如何修炼自己的格局？
——从《肖申克的救赎》中找到觉醒的关键

经常听到有人说"你要把格局打开一点"，那么更大的格局真的能带给我们更好的人生吗？在小说《肖申克的救赎》中，主人公安迪凭借才智和毅力，成功夺回了属于自己的自由。他的经历告诉我们：一个人的眼界，决定了他的格局。而格局的大小决定了他能走多稳，能走多远。

人生不如意事十之八九，真正有格局的人，是既能享受最好的，也能承受最坏的。很多人为《肖申克的救赎》中主人公成功越狱的情节感动，但其实，他为人处世的格局更值得我们学习。正所谓眼界决定境界，格局决定结局。在肖申克监狱，有人向往墙外的星辰大海，有人安于墙内的平淡与秩序。一个人能攀登到怎样的高度，离不开这个人有怎样的眼界。

📚 格局小目光浅：单次博弈

故事的主人公安迪是一位银行精英，因被误判为枪杀妻子及其情人的凶手而进入肖申克监狱。安迪的生活顿时跌入低谷，他不仅要面对凶残的狱警，还要忍受典狱长诺顿的打压。

诺顿经常手持一本《圣经》，高高在上，在训诫犯人时，总是傲慢地说："把信仰交给神，把贱命交给我。"在肖申克监狱，诺顿狂妄自大，把自己当成了监狱的主宰，来教化这些囚犯。诺顿表面道貌岸然，实则残酷、阴险而贪婪，不择手段地攫取利益。他用《圣经》里的话警告安迪："我是世界之光，跟从我的，就不在黑暗里走，必要时得跟着希望之光。"他靠着犯人们攫取见不得人的巨额利益，并靠着安迪一次次把钱洗白。

可当安迪满怀希望地跑来告诉他，有一名叫汤米的人知道自己案子的真正凶手，可以证明自己无罪时，诺顿翻了脸，指责安迪的无礼，并找借口阻止他翻案。他命人强行把安迪关了几个月的禁闭，完全不顾安迪的请求。不仅如此，为了不让自己眼前的利益受损，诺顿狠心地把证人汤米偷偷射杀，终结了安迪重获自由的希望。他从不审视自己，只去审判别人。

此后，安迪选择隐忍不发，开始默默蓄力。通过持续为典狱长和狱警避税，取得他们的信任，然后步步为营，筹谋逃出监狱。安迪在逃走后，写信揭发了诺顿的一系列罪行，诺顿也为此付出了代价。诺顿怎么也想不到，有一天这个被他不断折磨打压、只配无偿为他服务的罪犯，竟然能逃出牢笼，还给了他致命的一击。

诺顿的行为，套用商业领域的一个词，就是"单次博弈"。举例来说，假如你去一个景区旅游，走进一家饭店吃饭，明明点了300块的菜，最后结账时却花了3000元。这个时候，你一定知道，自己被"宰"了。因为商家觉得你这辈子只会来这里一次，他这辈子也只想和你做这一次生意，这就是单次博弈。

诺顿的狭隘使他与世界打交道的方式变成单次博弈。在他的眼里，肖申克监狱的犯人是最弱势的群体，永无出头之日，甚至可以说是一群随意拿捏的垃圾。他只顾眼前利益，甚至不惜得罪聪明过人且掌握他大量秘密的安迪，这无异于杀鸡取卵。

麻雀永远飞不到青云之上，因为它只盯着地面的稻谷；雄鹰之所以能自由自在地在峰顶翱翔，因为它的眼里装满了山河大地。一个人被狭窄的眼界局限了思维，很容易困于一隅，难成大事。而格局小、目光短浅，选择单次博弈的人，注定无法走得长远。

格局大立意远：重复博弈

安迪毕业于缅因大学商学院，入狱前就已经是银行的副总裁。即便深陷囹圄，饱受折磨，他依然没有崩溃沉沦。相比其他犯人的绝望麻木，他看似坦然接受这一切，却从未安于现状。

安迪的到来仿佛是打破平静湖面的一颗石子，他的与众不同很快引起了瑞德的注意。瑞德是肖申克监狱里的老囚犯，他熟知这所监狱里的一切，总是用讳莫如深的眼神打量着周遭，在他眼里，安迪是这样的："他的步伐和谈吐简直是异类，像在公园散步，无忧无虑，仿佛身披隐形衣。"

安迪就像一只光鲜的鸟儿，与这座压抑麻木的牢笼格格不入。走路时，他挺胸抬头；受欺负时，奋起反抗；关禁闭时，不忘思考。正是这种曾站在高处看过世界的格局，让他有了不惧苦难的坚忍。

都说心有多大，舞台就有多大。在一次修缮屋顶的劳动中，安迪不顾生命危险，凭借丰富的金融知识，自荐为警备队长避税。此后，他帮助所有狱警避税理财，变成了监狱里的"模范囚徒"，不仅被调到监狱图书馆工作，还拥有一间单人牢房。

为提升其他犯人的眼界，安迪不断帮助他们找寻生存的意义。他坚持用六年时间不间断地写信申请，终于为图书馆争取到了扩建资金，改善了监狱里的学习环境。他还教犯人们识字，引导大家看书，帮助狱友考取文凭。

强者自救，圣者渡人，这就是做人的格局。在狱友瑞德被监禁长达30年，申请假释再次失败的时候，安迪送给他一支口琴。安迪希望这支口琴给瑞德带来力量，当有一天走出肖申克监狱时，不会因无法适应社会而走上绝路。

在安迪看来，一个人的躯体可以被禁锢，但精神却可以自由和丰盈。别人的梦里都是残暴恐怖的狱卒和狱友，而安迪的梦里却是太平洋蓝色的海水。他来到肖申克受难，却救赎了众人的心灵。

相对于单次博弈，安迪与世界打交道的方式就是重复博弈。拿前面事例来说，如果那个景区的商家，能像对待朋友一样对待每一位游客，做到靠谱、诚信，你也许会在心里高看他一眼，也会乐意把这个商家推荐给自己的朋友，商家也因此获得了长远的利益。

格局大的人，眼界更宽。选择与世界不断联结，路才会越走越宽。失意时，不气馁；低谷时，不放弃。自渡，也渡人，持续精进，终有一天会遇见更好的自己。

格局，是眼界撑大的

安迪虽误入深渊，却没有被深渊吞噬。在被调入图书馆后，他有机会看更多的书，不断丰富自己的见识。

那些读过的书开拓了安迪的眼界，给他带来希望和勇气。他曾学过地质学，结合书籍，他认真研究了附近的地质和气象情况。经过思考，他意识到或许可以从监狱里挖一条通往外界的隧道。

于是，凭借着一把小鹰嘴锄，安迪不动声色地坚持挖了19年，终于凿出了一条通往自由的隧道，硬是打破了瑞德说的"需要用时600年"的玩笑话。更令人佩服的是，安迪还在预感审判不利时未雨绸缪，做了最坏的打算。在朋友的帮助下，提前把钱拿去投资，并办了新身份，给自己留了退路。

人若不会思考，遇到的全是难题；人若没有格局，看到的全是困境。一个人，只有不断学习，看得更远，才能够做出更明智的决策。

在根据原著改编的同名影片《肖申克的救赎》中，有三个经典的场景令人难忘。

一是安迪和狱友一起修缮屋顶时，与狱警达成交易，用自己的胆识为狱友们争取到喝啤酒的权利。安迪跟狱警说："我只要求你给每位同事三罐啤酒，当一个人在春光明媚的户外工作了一阵子时，如果有罐啤酒，他们会觉得更像个人。"令人感动的是，安迪把狱友称为"同事"，在他眼里，人与人都是平等的。那一刻，沐浴着温暖的阳光，这帮被判有罪的人坐成一排，喝着冰镇啤酒。每个人都仿佛觉得自己是个自由人，正在修葺自家的屋顶。

第二个场景是安迪坐在办公室里，反锁房门，将监狱广播的声音调到最大，从捐赠的旧物里挑出《费加罗的婚礼》的唱片播放。歌声悠扬，直上云端，镜头切换到广场。所有放风的囚徒仰望天空，静静聆听，一瞬间他们好像重获自由。音乐好像穿透了铜墙铁壁，打开了人心的枷锁，而这座狰狞的监狱仿佛变成了一座救赎人心、放飞希望的殿堂。

第三个场景则是安迪从下水道逃出，站在泥塘里，在电光雨水之下张开双臂，体会久违的、失而复得的自由，这一幕令无数观众热泪盈眶。

有句话说得好："格局之上，所见之处，步步皆景。"人一生中，总有那么一段时间需要你自己扛。熬过最难熬的日子，在落魄中自愈，才能在顶峰相见。当一个人见过了高山大海，就不会被眼前的磨难所束缚。

格局不是与生俱来的，而是从切身的经历和眼界中得来。就像安迪在大起大落的人生中，在无数次游走在绝望边缘的挣扎中，磨炼了心性，也迎来了蜕变。他虽然不是凶手，可他自我反思时发现，是年轻时的自己不懂表达爱，才导致妻子的离开，于是怀着忏悔之心，用 19 年救赎了自己。

现实的琐碎，生活的苟且，常常蒙蔽我们的双眼，让我们只见浮云，不见山川。当一个人陷于日常的平庸和困境中时，格局就显得尤为重要。一个人的格局，决定了他看事情的角度。格局小了，看到的世界就很小；格局大了，世界就大了。往后余生，愿我们都能拥有更大的格局和更厚重的人生。

即便身处泥沼里，也别忘记仰望星空的权利。

普通人如何才能逆袭？
——从《围城》中认识拖缓成长的坏习惯

当下社会竞争激烈，导致越来越多的人感慨："现在的普通人越来越难逆袭了。"在钱锺书的小说《围城》中，男主角方鸿渐就是大众眼里悲剧性的普通人。他出身没落乡绅家庭，靠岳丈资助混了个假学历滥竽充数，回国后又在求职路上屡遭诟病，因为爱慕虚荣而将恋爱婚姻都搞得灰头土脸……希望他的经历，能为你的成长发展排雷避坑，抓住生命中的重要机遇，实现逆袭。

"城外的人想冲进去，城里的人想逃出来。"这句我们耳熟能详的话，出自近代著名学者钱锺书的《围城》。这本被誉为"新儒林外史"的小说，以犀利明快的语言讲述了 20 世纪 40 年代普通人的欲望与桎梏。在当下这个时代，这本书依然有着振聋发聩的启示。

男主角方鸿渐的一生，其实得到过不少机会和帮扶，这些本该使他的前途无限光明，但他却像是被一张无形的大网困住，无法挣脱。

方鸿渐的一生仿佛是无数平凡却又不甘平凡之人的人生缩影，真正困住"方鸿渐们"的不是平凡的出身和贫乏的经历，而是他们的懒惰成性、虚伪做作、不通世故。而《围城》带给无数普通人的重要启示是：想要逆袭，首先得扒去"三层皮"。

📚 第一层：扒掉懒惰成性的生活方式

曾国藩说："天下古今之庸人，皆以一惰字致败。"如果说懒惰是普通人前进路上的巨大阻碍，那么懒惰成性，就是直接给自己的未来判了出局。

方鸿渐正是这样一个一懒再懒，最后逼得自己无路可走的人。在国内读大学的时候，他既不想学费脑子的土木工程，又厌弃枯燥乏味的哲学，因此反复转专业，最后转到了文学系。

正在方鸿渐以为自己就这么随便混混日子，了此一生的时候，意外的转机却出现了。早年与他定亲的周氏女因病离世，准岳丈被方鸿渐的悼唁感动，决定资助他出国读书。这对于家境并不宽裕的方鸿渐来说，可真是个天降之喜。

然而，到了国外，方鸿渐混日子的习惯依旧没变。他继续游山玩水、贪图享乐，真正的学术研究一点没做。文献不找，外语不学、书本不读，还在四年间换了三所大学。他把留学的钱挥霍殆尽，但最重要的博士文凭却没拿到，可谓竹篮打水一场空。为了敷衔家里，方鸿渐只好花钱买了个博士头衔回国。

可这头衔，在他求职的时候不但没帮上忙，还成了他"不学无术"的铁证。方鸿渐后来申请三间大学的教授岗位，不仅被校方发现学历存伪，连就读的专业都对不上。他只勉强捞到个伦理学副教授之职，却因为教学质量差，被学生不断投诉。最后，方鸿渐狼狈地离开了三间大学，在报社的资料室谋了个边缘职位，拿着低薪水，日日看人脸色。

网络上有这样一个话题：人为什么会懒惰？其中一个高赞回答是：因为前路看不清，退路又太多。的确，往前走需要克服逆风骤雨，但回头看还有退路，于是犹犹豫豫，不愿付出真正的努力。这样的懒惰成性，让人们走进了一座能力的围城，在里面长成了一个不会自谋生路的巨婴。然而，世界上没有绝对保底的生活。年轻时或许有家人、朋友的帮助，年长后迟早都要独自面对生活的重担。

与其最终吃生活的苦，不如提前吃努力的苦。当你抛下懒惰和懈怠，拾起自律和勇气，会看到路就在脚下，希望就在前方。

📚 第二层：扒掉虚伪做作的面子束缚

在留学回国的游轮上，风流倜傥的方鸿渐俘获了同学苏小姐的芳心。苏小姐旋即对他展开了猛烈追求，方鸿渐也因此误打误撞结识了爱慕苏小姐的赵辛楣。虽然后来与苏小姐的感情无疾而终，但方鸿渐与赵辛楣却由情敌变为了知己好友。

抗战开始，方鸿渐逃难到上海时，还获赵辛楣引荐，得以同他一起去内地的三闾大学任教。在此期间，他遇到了刚毕业的女大学生孙柔嘉。后来，在孙小姐的缠绵攻势下，方鸿渐在被迫离开三闾大学后，最终与她走入了婚姻。但方鸿渐的爱面子，却让孙柔嘉吃了不少苦头。

两人在香港拜访赵辛楣的时候，意外遇上了苏小姐。这时苏小姐已经嫁给家境殷实的曹元朗为妻，打扮得阔气又时髦。她不仅出言嘲讽衣着落伍的孙柔嘉，还对赵辛楣母子忙前忙后献殷勤，把孙柔嘉当作空气。方鸿渐作为丈夫，眼见自己的妻子被旁人怠慢侮辱，却只是握紧座位扶手，不敢说一句话。

方鸿渐在外努力打造自己谦恭有礼的形象，但回到家里却与妻子争起高下。孙柔嘉为了随方鸿渐生活，放弃了三闾大学的升职聘书，进了纱厂人事科工作。可即便如此，她的工资也比在报社工作的方鸿渐高一倍。这原本可以减轻生活压力，方鸿渐却强烈要求孙柔嘉放弃这份高薪工作，留在家里相夫教子。

当一个人层次越低，越缺乏底气的时候，就会越看重面子。生活中，像方鸿渐这样的人比比皆是：收入不高却贷款买奢侈品的人，在朋友面前打肿脸充胖子；学识浅薄却高谈阔论的人，在饭局聚会上吹嘘炫耀。

然而，生活过得到底好不好，只有自己才知道。人生路遥，担子渐重。如果总以外在的浮华掩饰内心的空虚，到头来不过是南柯一梦。放下面子束缚，真正提升内在实力，才能让自己的生活变得自由舒畅。

📚 第三层：扒掉不通世故的横冲直撞

如果说小孩子不通世故是天真可爱，那么成年人不通世故，往往只会让生活平添磨难。

方鸿渐在三闾大学任教期间，听闻教历史的韩学愈也是花钱买来的博士头衔。然而，方鸿渐不懂得察言观色，揭人短处之后立刻遭到了报复。韩学愈对学历之事耿耿于怀，鼓动学生向校方举报方鸿渐教学质量极差。

方鸿渐在三闾大学的同事陆子潇那时正追求孙柔嘉，方鸿渐说好帮他介绍，背地里却教唆孙柔嘉把来信全部退回。陆子潇因此不忿，联合训导主任李梅亭向校长高松年告密开除他。方鸿渐几经劫难之后并未有所长进，反而被卷进了人情世故的漩涡中，喘息不得。

校长高松年本来就对方鸿渐的学历和业务能力意见很大，可方鸿渐明知如此不但不主动缓和关系，还满腹埋怨。久而久之，校长对方鸿渐更加厌弃，忍无可忍之下，最终将他解聘。

方鸿渐的横冲直撞，不仅令他在职场上混得狼狈不堪，在恋爱和婚姻上也搞得灰头土脸。原亲家周太太早前给方鸿渐介绍了相亲对象张小姐，在那场跟张家人的见面中，方鸿渐把为人处事的不体面展现得淋漓尽致。

方鸿渐陪着张家长辈打麻将赢了钱后，竟为了买一件獭绒大衣不遗余力地催促对方快快清账，失了做客的分寸。饭局结束后，方鸿渐见张小姐在看一本情感类的书，便发出不怀好意的讥笑。一场相亲下来，方鸿渐彻底惹恼了张家众人。

方鸿渐这类人，在社会上碰壁之后就开始抱怨人情冷漠。以自我为中心的他们未曾想过，在生活压力巨大的当下，周围的人们也都有各自的难处。

职场上，一个敷衍了事的举动，可能造成同组人被炒鱿鱼；生活里，一通没来由的怨气，可能导致家庭成员的分崩离析。不懂得换位思考，结果只能是自讨苦吃。事实上，人与人之间的相处没有什么奥秘，所谓的人情世故，就是将心比心。学会把心放宽，推己及人，才能与人共情，为人接纳。

方鸿渐家境不富，有幸得人帮扶却将一手好牌打得稀烂，读罢《围城》，令人在掩卷过后唏嘘不已。现实中，"方鸿渐"并非个例，他更像是一个缩影，映照出般般人性、种种现实。钱锺书先生通过《围城》告诉我们，普通人要逆袭，一定要扒掉身上这三层皮：扒掉懒惰成性的皮，主动追求自己的人生目标；扒掉爱慕面子的皮，真正地提高核心竞争力；扒掉不通世故的皮，懂得理解与尊重别人。

人的一生，归根到底，是一场跟自己的较量。战胜了自己，就战胜了命运。

在虚荣与寂寞的海，他们一天没靠岸，就一天不会停止这场起伏不息的潮汐。

怎样才能持续进步？

——从《终身成长》中实现思维的跃升

现如今激烈的竞争中，"成长型思维"的概念不断被人提及。但它到底是什么？对我们的生活有什么影响？又该如何培养呢？这些问题，我们可以在斯坦福大学心理学教授卡罗尔·德韦克的《终身成长》一书中找到答案。这本书用诸多理论和案例告诉我们，所谓培养成长型思维，归根结底就是养成成功的思维模式。

为什么不同的人处理相同的麻烦，最终的结果却大相径庭？为什么不同的人面对相同的压力，有的避之不及，有的却兴奋不已？

有人会认为这是因为每个人天生的性格不同，但《终身成长》告诉我们：这其实是每个人思维模式不同所导致的。

三毛曾说："苦难可以是一种功课，你好好地利用了它，就是聪明。"而这种聪明，正是我们常说的"成长型思维"。

成长型思维，重塑自我的大智慧

朋友小楠，在公司做了七年的会计，一直认真负责、兢兢业业。财务经理退休前，考虑到她一贯表现不错，且聪明好学，便向管理层提议由她来接任，同事也都很支持。和总监面试后，她信心满满地等待任命通知。但意外的是，公司不仅没选择她，还平白空降了一个领导。

这个突如其来的"噩耗"，让小楠既羞愧又愤怒，忍不住开始怀疑自己：是我有什么问题吗？水平不够？不会经营关系？还是说我真的就没做这行的天赋？

就在她决定辞职时，突然冒出的一个念头让她冷静了下来：没能得到那个岗位，仅仅是我遇到过众多挫折中的一个而已，它并不能说明我很失败。如果我因此消沉，从此不再成长，这才是真正的失败。

当她想通之后，就不再自怨自艾，转而将精力用在提升自我上面。后来，她用一年的时间考下了中级会计师职称，工作中取得的一些成绩也逐渐得到管理层的赏识。直到现在，她都无比庆幸那时的她，竟无意间开启了成长型思维模式。

卡罗尔说："固定型思维的人会把发生的事情当成一个衡量自己的能力和价值的直接标尺。成长型思维的人则不会给自己贴上各种标签，或是对自己失去信心。"

拥有成长型思维的人明白，人生不如意事十之八九。也许是不公平的待遇，也许是工作的挫败，也许是情感的不顺……遇到了不如意的事，与其浪费时间怨天尤人，不如专注于解决问题、提升能力。当你能力足够强、实力足够硬，所有的不如意都是过眼云烟。

📚 成长型思维，亲密关系的保鲜剂

前阵子，同学小 C 怒不可遏地说她要离婚，而在此之前，这句话她已经说过无数次了。她之前的恋爱，每次都是从"一见钟情"开始，以"三观不合"结束。

这次让小 C 无法忍受的是，出差回来的她掀开脏衣篓，里面竟然还存着丈夫 3 天前的衣服。我问她有没有好好沟通过，她摇了摇头："没什么好沟通的，他总这么邋遢，我们三观不合，我为什么要委屈自己。"她还像从前一样，一心想要"完美伴侣"。

卡罗尔在书中写道："固定型思维模式者总认为，最理想的情况是即刻的、完美的、永恒的和谐相处。"可惜生活不是童话，这个世界上并没有绝对完美的婚姻。

电影《爱在午夜降临前》里，主人公杰西希望妻子赛琳能和自己到美国去生活。而性格独立的赛琳，却希望丈夫可以支持她发展事业，并且多花点时间照顾孩子。他们都想改变对方，却不能如愿。

幸运的是，他们没有一直沉浸在自己固有的思维模式里，而是在不断的磨合和沟通中认识到：问题不会因为离婚而消失。如果想获得幸福，夫妻之间必须互相扶持、共同努力。因此在婚姻红灯亮起时,他们开始用爱和耐心包容各自的不完美,不断改变自己,为对方做出妥协。

婚姻里,多的是鸡毛蒜皮的争执:家务凭什么都是我一个人做,你却安心当甩手掌柜?为什么每次用完东西都不放回原处?周末到底应该听你的出去吃饭,还是按我的心意在家看电影?

其实,决定我们是否幸福的往往不是事情本身,而是我们选择用什么样的角度去看待它、解决它。当婚姻中遇到问题时,与其争执谁对谁错,不如合力解决问题;与其执着于完美伴侣,不如和对方一起不断磨合和完善自己。

学会成长型思维,才能从互相批评和指责转向共同合作,让夫妻关系持续保鲜。

成长型思维,成为孩子的最佳教练

同事有个非常聪明可爱的儿子。每次去她家做客,她都会热情地展示孩子的画和成绩单。每当孩子取得不错的成绩时,她都会夸奖:"你真聪明!你真的很棒!"

可后来孩子升入高年级之后,突然成绩一落千丈,为此她常苦恼不已:"明明儿子十分聪明,为什么就不愿用在学习上?"每天跟我们分享的日常也从"母慈子孝"变成"鸡飞狗跳"。

难道是鼓励式教育失败了吗?实则不然,这只是固定型思维模式在作祟。家长们如果习惯将"聪明"与孩子的"成绩"相关联,往往会让孩子们执着于被称赞的成果本身，却忽略了过程。

一旦学业变得困难，意味着很可能无法取得往日的好成绩，孩子就会怀疑是自己变笨了。为了避免大家认为他不再聪明，他会选择逃避，对学习产生很强的抵触情绪。这也是现代"伤仲永"产生的主要原因。

卡罗尔在书中提道："我们应该避免那种对孩子的智力做出评价的赞扬方式，或是让他们觉得我们并非为他们付出的努力，而是为他们的智力和才能感到骄傲的赞扬方式。"为人父母，更应该运用成长型思维模式，去鼓励孩子注重过程，享受挑战，并从失败中获取教训。

例如，比起夸孩子聪明，不如夸他勤奋、努力；比起夸孩子考得好，不如夸他这次在哪一门学科上又有了进步。如果孩子表现得不好，那就跟他一起分析问题所在，鼓励他下次改进，继续努力。

父母只有用成长型思维陪孩子一起成长，孩子才会明白，努力的过程比结果更重要。

📚 4个步骤，进入成长型思维模式

遇到事情，人很容易倾向于用固定型思维去思考，而成长型思维则需要我们不断地学习、实践。那么该如何踏上通往成长型思维的旅程？不妨看看以下几点建议。

第一：接受

战胜困难的第一步就是面对。我们首先要做的就是面对"每个人都有可能被固定型思维束缚"这个事实，但要记住这既不可耻也不可怕。

第二：观察

当你遇到了一个难题，观察一下自己脑海中是否有这样的声音："放弃吧，你搞不定这件事。""你永远也成不了那样的人。"这些声音就是你固定型思维的人格发出的，你需要观察它总是在什么时候出现，并找到激发它的原因。

第三：命名

现在，你需要给那个固定型思维的人格起名字。例如，可以叫它大壮、小帅或者小美。每当你遇到困境时，它总会出来火上浇油。因此，你也可以给它起一个令人讨厌的名字，一旦发现这种人格开始活跃，就提醒自己绝不能听之任之。

第四：教育

最后一步，你需要和这个固定型思维的人格一起踏上成长的旅程。在固定型思维人格出现时，你可以心平气和地告诉它："我知道也许现在我还无法做到这一切，但请你耐心一些，我会找到头绪，我明白下一步要去做什么，希望你可以跟我一起尝试。"

当你能够勇敢地面对固定型思维人格，并且让它加入自己的成长之路时，你就能用更积极的态度去面对那些棘手的问题。

托尔斯泰曾感慨："大多数人都想改变这个世界，却没人想过要改变自己。"人生就是一关过完还有一关，想要改变不满意的现状唯有改变自己。学会成长型思维，不仅能受益终身，还能运用这些技巧去帮助家人和朋友。下次遇到麻烦时，不妨试试成长型思维，也许你还会惊喜地发现那些生活中的一地鸡毛，也能谱写出美丽的诗篇。

> 如果思维是一堵墙，那世界就在墙的另一边。

如何改变一团糟的现状？
——从《5%的改变》中寻找打破瓶颈的方法

生活中，很多人时常渴求改变，但往往光是开始就几乎耗尽
了意志力。《5%的改变》这本书则告诉我们：只要用对方法，
改变并非那么难。

你是否想跟原生家庭和解，可一开口就管不住脾气？你是否做
着不感兴趣的工作，想转行但一直没有勇气？你是否在一段感情里
内耗许久，却又舍不得放手……真是奇怪，为什么我们明明很清楚
这不是自己想要的生活，却不愿做出脱胎换骨的改变呢？《5%的
改变》的作者、心理学家李松蔚给出了这样的回答：人在困境中总
是期待100%的改变，但这常常会导致100%的挫败感，因为总是
难以贯彻。人真正能成功改变的部分也许只有5%。

原来，过于完美的目标，难以完成的压力，才是让我们陷入困
境的真相。而从5%的改变做起，才是让我们摆脱这种既挣扎又挫

败的日子的开端。

📚 5% 的改变，是允许不完美

每个人对自己都有或多或少的不满，也许是身材不够好，也许是收入不够高。

曾经看到一位网友说，20 多岁的时候，她特别讨厌自己的不自律：一直追剧看小说，熬出飞蚊眼；遇到好吃的东西就停不下来，体重飙升；看了很多时间管理的书，定了计划却又没执行。她想要一个健康向上的自己，于是硬着头皮一次次尝试改变，却始终无法达到要求。就这样带着焦虑，持续着一团糟的生活。

后来，迈入 30 岁的她不再跟那个想象中完美的自己较劲。只列出想做的事，然后把它放在能看得到的地方，但不写什么时候做——高兴做就做，不高兴做就不做。没想到，事情反而慢慢地推进和完成了。

萧伯纳曾说："很多时候，完成比完美更重要，在一次次完成中迭代，就是值得骄傲的进步。"苛求完美，像是一场与自己的无穷斗争，只会搞得精疲力竭。而真正的蜕变，是以轻松的心态去接纳原来的我，以 5% 的改变去迎接崭新的我。

李松蔚老师曾碰到一位想要长久改变的焦虑求助者。她想摆脱抑郁症的困扰，想和重男轻女的父母和解，想转行做喜欢的设计工作……李老师给出的建议是，让她暂时放下想要一个彻底的 100%

改变的想法。先试试在保持生活状态不变的情况下，每天只拿出特定的一小时，尝试做 5% 的改变。

这位求助者照做了。她先是恢复运动习惯，慢慢找回了对自我的掌控感。接着又读起了书，专注力和幸福感也随之提升，生活一步步地回归正轨。

到了一定的年龄，我们才会发现，不完美是生活的常态。既然100% 的改变难以实现，那就先做 5% 的改变。5% 的进步看似微弱，却能像滚雪球一样，松动生活里的焦虑不安。

5% 的改变，是注入微行动

很多时候，人感受到的痛苦，往往不是来自痛苦本身，而是来自自己的想象。没人不渴望改变，但真正改变起来，难免伴随着"抵抗"。我们总是习惯给自己设定出各种不良结果，以"假性痛苦"来麻痹自己，不敢改变。

看过这样一个真实的故事。一位北漂女孩总结自己是个没地位、没钱、没归宿的失败者。她打算从继续考研和回家考公之间做一个选择。于是每天一闲下来她就会想：考研吧，已经失败过两次了，自己年龄太大，家里又穷，继续备考读书是不是太自私了？考公吧，就会过上"一眼就望到尽头"的日子，人生是不是太悲哀了？就这样，女孩每天都在跟自己做思想斗争，生活没有任何起色。

余世存在《时间之书》中有这样一段话："年轻人，你的职责是平整土地，而非焦虑时光。"当我们对生活有任何不满时，焦虑是最无用的一种等待。唯有改变才能带来调整的可能，唯有行动才是解决的出口。

得到 APP 联合创始人兼 CEO 脱不花总结过一个经典的"鲁莽定律"：人生总有很多左右为难的事，如果你在做与不做之间纠结，那就立即去做。因为如果不做，这件事就永远是停在脑中的"假想"。而去做的话，就进入了一个尝试、反馈、修正、推进的循环，最终至少有一半的概率能做成。

如果满分行动太难，那我们只要做 5% 的改变就好。今天看一页书为自己充充电，明天跑 5 分钟为健康蓄蓄力。当你为自己注入一丁点的改变，生活便开启了向好的发展。如此日积月累，直到你发现自己已在不知不觉中完成了一场奇妙的蜕变。

5% 的改变，是最清醒的成长

每个人都希望自己越变越好：能力更高、情绪更佳、身体更棒……想要实现这些，并非一日之功，而是需要付出持久的努力。

所以，请试着从 5% 的改变做起，去调整你当下的生活。可以尝试如下三种改变。

1. 转换思维，用记录的方式来观察问题

我们常常忽略，记录也是解决问题的一种好方式。因为一边

写下来问题，一边就会无意识地梳理逻辑，最后创造出新的解决思路。

有位女生对他人总是和颜悦色，可一面对自己的母亲就很容易发生语言冲突。心理学家建议她观察和记录自己的情绪，她照着做，最后惊喜地找出了冲突的真正原因，实现了与母亲和解的愿望。

遇到困境时，如果感觉无从下手，不妨试着观察和记录问题，从文字中发现异常，在自查里找到答案。

2. 摆脱恐惧，尝试"做了又不改变生活的小事"

如果你对变化感到恐惧，那就去尝试一些做了却又不会让当下生活立即发生巨大变化的小事。

例如，有位男生想要回到阔别两年的职场，却始终迈不开找工作的步伐。于是，他尝试着每天花半小时来写简历，写完之后就把简历删除。这样既能待在安全区里，同时也有了小小的探索。随着每天的简历越做越完善，他的信心也逐渐增强，慢慢地就走出舒适区了。

3. 付诸行动，抛开想象去解决实际的困惑

如果令你焦虑的问题是未发生的事情，那么就很难付诸行动做出改变。因为这不算是真正的问题，无法被实际解决。所以，我们要学会自查辨别，自己所谓的困惑究竟是不是真实存在的难题。

担心将来被裁员是想象的问题，觉得自己职场竞争力不够才是

真正的恐惧。害怕孤独终老是想象的问题，认为自己找不到另一半才是现实的困难。当你把焦点放在具体的问题上，才能理清解题的思路，提高行动力。

罗翔老师说过："真正让你成长的，永远是那些让你害怕、逃避、疼痛的事情。"人终其一生，都要学会成长。与其被动地生活，不如主动地进步。每天花五分钟观察自己的言行，尝试一件简单易行的小事，去解决实际的难题……

试着从 5% 的改变里，去感受自己的变化，去发现人生的更多可能。

为什么要害怕呢？又没什么好失去的。

如何活出真正的自己?

——从《悉达多》中领悟突破自我局限的奥秘

"人间清醒"说得简单,但真正做到的人却寥寥无几。诺贝尔文学奖得主赫尔曼·黑塞的小说《悉达多》,被美国作家亨利·米勒称为"比《圣经·新约》更有效的一剂良药"。如何才能获得觉醒?生命的圆满又会在哪?当你读完了《悉达多》,或许便能有所体悟。

人生海海,颠沛流离,不如意之事十之八九。很多时候,无论我们如何努力,都难免会在现实的枪林弹雨和命运的无形壁垒间心生困惑,继而拼尽全力寻找活着的意义。

1919年,第一次世界大战刚刚结束,小说《悉达多》的创作也被黑塞提上日程。然而,彼时的黑塞,正陷入前所未有的人生危机。经济困顿拮据,家庭分崩离析,他自己更是深陷抑郁和疾病的折磨。

好在如同小说主人公悉达多在痛苦中逐渐求得真理，黑塞也在无数个昼夜里，洞悉着灵魂，并逐渐寻得解脱。

📚 见自己：认识局限，寻求蜕变

条条大路通罗马，但有些人一出生就在罗马。小说主人公悉达多便是如此。

生于印度最高种姓婆罗门的他，拥有看似完美的一切：高贵的门第，俊朗的外表，良好的教育，以及众人的热爱。然而，即便如此，悉达多的心中依旧充满怅然。

终于，在一个破晓的清晨，他告别父母，与朋友乔文达踏上了寻道之路。为了得到开悟，他们摒弃一切世俗的欲望，体验疼痛、饥饿、焦渴和疲惫，将身体折磨得骨瘦如柴。

苦修三年，当乔文达无比欣慰，觉得自己学到了很多时，悉达多却非常清醒地认识到自己除了学会忍受和麻痹痛苦，并无任何实质进步。正当他为此悲痛时，世尊佛陀乔达摩的现世流言，在沙门中传得沸沸扬扬。于是，两人决定前往，并终于在祇树给孤独园见到了仰慕已久的佛陀。

可不曾想，聆听了法义宣讲后，乔文达震撼而满足，决意追随佛陀修行，悉达多却选择离开。因为佛陀的完满，让他明白了自己的差距，进而深刻地认识到：知识可以传授，而智慧只能自己体悟。一个人必须探入自己的最深处，才能真正了解自我的本质和意义，进而实现解脱。

印度作家萨古鲁曾说："理解自身现有生活中的局限，并且最大程度地活出精彩，然后看看怎样才能超越这些局限，具备这样的生活态度是非常重要的。"人生汪洋，云遮雾障。我们或许可以一辈子循着他人的脚印，亦步亦趋，度过一生。然而，想要获得真正的蜕变，必须反躬自省，走出小我，在一次次破局中寻求升华。察觉格局的狭隘，发现认知的不足，保持内心的谦逊。

自我撕裂固然疼痛，可唯有剖开现实的缝隙，才能循着光影，踏入更加广阔的天地之中。

📚 见天地：遇人修心，遇事修性

告别了乔文达和佛陀之后，悉达多再次踏上征程。此时，那原本令他厌恶、鄙夷的世俗世界，忽然变得灵动和美妙起来。于是，他决定放弃苦修，跟随欲望，在尘世中寻找智慧。

他主动向美艳的名妓迦摩罗学习情爱之术。他投身商海，与富豪迦摩施瓦弥一起，打理财产生意，来领悟财富之道。此时的他依然不忘警醒自己一切只是游戏。

然而，人的健忘，总是来得那么容易和坦然。随着感官被现实的狂热慢慢唤醒，悉达多的灵魂，逐渐变得浑浊。他不再克制，而是忘乎形骸地享乐，贪而不足地占有，在荒诞中变成了一个肥腻而丑恶的中年人。

直到有一天，悉达多意识到了自己的改变。于是他离开府邸，并意图跳进河中，终结自己可怜又可耻的生活。可就在入水的一瞬，他猝不及防地被心底的呼唤点醒。悉达多顿悟：我必然经历贪欲，追逐财富，体验恶心，陷入绝望的深渊，并由此学会去抵御它们。学会接受这个世界的本来面目，热爱它，以归属于它而心存欣喜。

这一刻，他不再自责，而是在椰子树下无梦酣睡，如获新生。

契诃夫曾在书中写道："我相信任何事情都不会不留痕迹就过去，对现在的和将来的生活来说，我们所走的最小的一步路都是有意义的。"这世上没有白费的努力，更没有碰巧的成功。过去的一切经历，都是我们人生中必不可少的修行。每一次困惑是修行，每一次觉醒是修行，每一次悲欢喜乐是修行，每一次开始结束，亦是修行。王阳明说："人须在事上磨练，做功夫，乃有益。"遇人修心，遇事修性。一个人只有经历了人情反复，世事冷暖，才能获得真正的清醒。

📚 见众生：接纳一切，顺其自然

苏醒以后，悉达多决定留在河边。这是他当年投身俗世的起点，如今，他要重新开始。他起身踱步，沿着河流而下，并最终在渡口找到了曾经帮助过自己的船夫。虽然时隔 20 多年，这次重逢却无比默契：他们互相倾吐，决定共同生活，并去向河水求教，从中学会一切。往后的日子里，他们一起耕作、捡木头、摘芭蕉、补船，日子过得兴致盎然。

直到有一天，一位风尘仆仆的女人经过此地，让风波再起。没错，她便是悉达多曾经的爱侣——迦摩罗。这一次，她带着她和悉达多的儿子小悉达多去朝觐佛陀。却不想，迦摩罗在半路被毒蛇咬伤，她和儿子挣扎着来到了悉达多和船夫所在的渡口。

遗憾的是，迦摩罗最终没能活下来，将儿子留给了悉达多。儿子的到来，唤起了悉达多前所未有的爱。他拼尽全力，去疼惜他，照顾他，企图能赢得孩子的心。然而，面对陌生的父亲和贫瘠的环境，小悉达多充满了抗拒。他出言冷漠，行为怠懒，甚至说自己宁愿做杀人犯，下地狱，也不愿和这所谓的"父亲"在一起。一个清晨，孩子偷偷逃走。悉达多疯了似的到处追寻，结果却一无所获。

往后的日子，他的思念愈演愈烈。直到有一次，他听到河流的"笑声"，才发现了自己如此愚蠢。因为，如果无法放下"我执"，人生永远不得解脱。

他开始理解世间的一切：伟大的、渺小的、善良的、邪恶的……理解了儿子的叛逆，逃离，选择。然后如同大河一样，接纳兼容。

《格言别录》中说："自处超然，处人蔼然；无事澄然，有事斩然；得意淡然，失意泰然。"真正的觉醒，就是不再苛求完满，在世事纷繁间，保留一份顺其自然的豁达。

世间众人，譬如一树花，虽然同生同开，但最终会随风而落，各安其命。面对世事的纷杂，不妨少一点计较，多一些释怀，才能乐观豁达，一身自在。

《悉达多》自 1922 年首次出版，已经被翻译为多种语言，并畅销全球。无数人视其为精神归宿，因为悉达多那苦苦追寻的一生，实在像极了我们。年少时，察觉自己的渺小，于是不顾一切，踏上探索之路。中年时，看遍人间得失，方知生活本身，就是一个道场。直到历经一切，才幡然醒悟，明白只要心中释然，人生的每一刻，都是圆满。

蒋勋曾说："生命是一场对话的旅途，与自己对话，与周遭对话，与世界对话。"当千帆过尽，看遍风尘，我们终会读懂大千世界，迎来自己的觉醒。

人生如梦，重要的不是把梦做得更美，而是别忘记从梦里醒来。

如何打破惯性思维？
——从《思考，快与慢》中获得厚积薄发的力量

近些年，越来越多的人开始认同"慢慢来，比较快"的理念。一方面，现代社会快速的生活节奏容易让人感到疲惫、焦虑；另一方面，一味追求表面的"快"往往会掩盖很多重要的思考，甚至忙碌一场却停滞不前。诺贝尔经济学奖得主丹尼尔·卡尼曼用他的经典代表作《思考，快与慢》告诉我们：有些事，真的急不得。

爱因斯坦说："如果我有1个小时去拯救世界，我会用55分钟去确认问题，用剩下5分钟思考解决方案。"就像丹尼尔·卡尼曼在《思考，快与慢》中写的："重复且长时间的无尽忙碌，只要条件具备，大部分人都可以做到。难的是思考。没有深入的思考，勤奋就没有意义。"

浮于表面的快思考，看似效率很高，却常常让人走入思维的泥

潭。而慢思考，则能带你由此及彼、由表及里、抓住问题本质。

思考这件事，很多时候，慢慢来，反而比较快。

📚 快思考：自觉自发，常伴左右

有这样一个问题：球拍和球共花 1.1 美元，球拍比球贵 1 美元，问球多少钱？如果凭直觉，得出的答案往往是 10 美分，然而这是一个错误答案，正确答案应该是 5 美分。

当把这个问题拿给美国高校上万名学生回答时，结果令人吃惊：在哈佛大学、麻省理工学院、普林斯顿大学等一流名校中，50% 以上的学生给出了直觉性的错误答案；在其他普通大学里，则有 80% 以上的学生没有验证答案就脱口而出。

《思考，快与慢》指出："我们最常用的快思考，能够依赖情感、记忆和经验迅速做出判断。"但是，快思考遵循"眼见即事实"的原则，常常跟着感觉走，容易导致我们做出错误选择。

现实生活中，这样的事并不少见。在知道电影的原理之前，我们很难想象，电影并非连贯的，而是由一帧一帧的画面拼凑而成；魔术师正是利用人们的视觉误差，制造了一个个"奇迹"……事实上，除了视觉，我们的每一种知觉和思维都会有误差。仅仅依靠快思考，我们往往只能看见自己想看的东西，只能听见自己想听的声音。工作中只会快思考的人，往往会掉入低质量努力的陷阱。

有位同事，为给领导留下好印象，总是主动参与其他同事的项目，短短半个月，就走马观花地把组里的项目了解了一遍。然而，她不愿意沉下心来研究项目的来龙去脉，同事提醒她，她也不听，一心在领导面前出风头、博眼球。

在项目例会上，无论领导问什么，她都抢先回答。直到领导问："此次项目的发布时间，相较立项时的预期进度有推迟吗？"她顿时语塞。这时，其他同事起身，详细回答了项目推迟的时间、原因和相关举措。后来，领导在辞退她时，语重心长地说："记住，到新的公司后，与其不动脑子地做十件事，不如多花时间把一件事想透。"

思考的深度，决定认知的高度，影响执行力度和工作进度。那些认知上懵懵懂懂、行动上却风风火火的人，很容易迷失方向，甚至南辕北辙。

深度思考能力，是重要的战略竞争力。人生在世，如果想有所成就，千万不要用战术上的勤奋，来掩盖战略上的懒惰。

慢思考：把关定向，喜欢偷懒

如果你有一边散步一边思考的习惯，你会发现这样一个有趣的现象：快步走时，很难集中精力想问题，遇到复杂问题时，你会不由自主地放慢脚步，甚至不得不停下来进行深度思考。

慢思考，由于需要占用注意力资源，因而也十分难能可贵。它就好比人生的"守护神"，因为深思熟虑，所以不容易犯错。"股神"巴菲特正是凭借深度思考的洞察力，连续十多年位居全球富豪榜前五。他选股票的方式与大部分投资人不同：大部分投资人只看公司报表上的盈利能力；而巴菲特除了看公司报表，还会分析这家公司的行业前景、企业制度和文化等，以此判定这家公司的发展潜力，评估其股票升值的概率。

在他看来，一家有潜力的公司，股票升值是大概率事件。正是这种见微知著、洞察先机的深度思考能力，让巴菲特成了全球著名的投资家。

也许你会说，巴菲特离我们太遥远了，普通人可望而不可即。其实，深度思考的秘诀就一个字：慢。在现实生活中，因为慢而获得深度思考力的事例并不少见：那些说话慢条斯理的人，往往能说出别具一格的观点；那些做作业反复思索甚至看起来有点磨蹭的孩子，对题目的理解往往更透彻一些；那些在一件事上绵绵用力、久久为功的人，一般都是某一领域的专家学者、能工巧匠……

卡尼曼在书中感叹："避免思维上懒惰的人，才可以被叫作'聪明人'。"他们更机警，思维更活跃，不会满足于貌似正确的答案，对自己的直觉也常持怀疑态度。慢思考，可以避免直觉性错误；慢慢用力，循序渐进，有利于克服懒惰的天性。有时候看似慢，反而因为走对方向更快达成目标。

📚 好的思考方式，是快慢结合

日本北海道大学进化生物研究小组曾经做过一个著名的"懒

蚂蚁效应实验"。研究人员发现，有一部分蚂蚁不干活，整天东张西望、游手好闲的，专家称之为"懒蚂蚁"，并对它们进行标记和观察。

当研究人员断绝蚁群的食物来源时，那些整天忙碌的蚂蚁一筹莫展。这时候，"懒蚂蚁"们大显身手，带领蚁群向它们早已侦察好的新食物源转移。原来，"懒蚂蚁"并不懒，只是分工不同，它们将主要精力花在侦察上了。

快思考好比勤奋工作的蚂蚁，而慢思考好比负责侦察的"懒蚂蚁"。在工作中，快思考与慢思考，更多地表现在分工的不同，并无绝对的优劣之分。好的思考方式，是快慢结合。快思考往往是与生俱来的，而慢思考却可以后天习得。以下 4 个建议，助你提升深度思考能力。

1. 常反思，提升认知

有句话是这么说的："一个人的成熟，不仅在于经历过多少事，更在于经历过后的沉淀和思考。不要只顾着埋头向前冲，适时停一停，给自己一点反思的时间。从每一次的经历中有所领悟、有所得到，你才能在未来的路上走得更远、更稳健。"

反思，是对思考过程的思考，对认知过程的认知，又叫元认知。经常反思，锻炼元认知能力，可以提升认知水平，减少直觉性错误。

2. 多冥想，保持正念

谈到冥想，也许你会联想到世外高人，觉得与我们普通人无关。其实不然。简单地说，冥想就是修心。心灵的力量，和肌肉的力量一样，是可以修炼的。怎么冥想呢？首先，找到一个锚定点，这个锚定点可以是自己的一呼一吸，也可以是一个疑难问题。其次，把心思和精力都集中在这个点上。最后，一定要坚持下去，只有日积月累的锻炼，才可以有效提升专注力。

多冥想，保持正念，一心只做一件事，有利于进入深度思考、获得心流体验。

3. 勤学习，信息扩容

有的人把学习当成学生时代的事，一旦走出校门，就不再看书学习。这样的人，思维容易固化，也更容易产生认知偏差。

在这个飞速发展的时代，唯一确定的是不确定性，唯一不变的是变化。只有终身学习的长期主义者，才能在信息的爆炸式增长中拥抱时代、拥抱变化，在不确定性中活出自己的确定性。

4. 懂变通，拓展维度

好的思考方式，一定是多维度的。斯坦福大学教授卡罗尔·德韦克将思维模式分为三种：感性思维、逻辑思维、结构思维。

感性思维属于点状思维，没有延伸思考；逻辑思维属于线性思维，有延伸但过于单一；结构思维则是一种面状思维，能够全面挖掘各种可能，兼顾各方做出更好选择。

若能在思考深度上下功夫，实现面的突破，就能拥有立体思维。由点到线，再到面，进而到立体，不断进阶，再加上时间维度。这个思考的进化过程将使我们的思维更加缜密，能够在诸多选择中找到更优解，规划更加长远的未来。

作家周岭在《认知觉醒》中，分析了人们无法保持专注的脑科学原理："分心走神的背后是逃避。"因为我们的认知共分为三个区域：舒适区、拉伸区和困难区。舒适区一般没有太大挑战和压力，人处于这种状态相对轻松，但长期待在这里容易自满，失去进取心；拉伸区需要人付出一定的努力，处在这个区会面临一定的压力，但有助于提升自身的能力，帮助你进步；而困难区指的是远超出人现有能力所能触达的状态，会让人背负极大的压力，容易产生消极畏难情绪。因此，思考和行动最有成效的方法是：偶尔跳出舒适区，适度避开困难区，经常处在拉伸区。面对困难时，身心分离的人总会不自觉地退回舒适区，而身心合一的人则更容易直面困难，让自己处于拉伸区。

余生，愿你成为思维上的"勤快人"，勤学善思、知行合一。因上努力，果上随缘，活出通达的人生境界。

> 我们都是慢慢长大的孩子，不用着急，也不用慌张。

如何摆脱认知贫困？
——从《白鹿原》中获得走出思维牢笼的启发

《明史·邹无标传》中有句话："偏生迷，迷生执，执而为我，不复知有人。"比无知更可怕的，是人性的偏见；比贫穷更可怕的，是人们的短视。一个人最大的贫困，往往是认知的缺失。读完陈忠实的经典作品《白鹿原》，了解了这个家族的起伏，或许能进一步感受到认知和眼界，对人生的影响有多大。

有人说："每个人的心上都有一个《白鹿原》。"这部耗时六年，50余万字的巨著，被作者陈忠实称为"垫棺作枕"之作。

他在扉页上写道："小说被认为是一个民族的秘史。"白鹿原上的黄土，托起的并不只有人们的乡土情结，还有无数人性与道德的抉择。一个家族的悲欢离合，也绝不仅仅是由一片土地的变革，一个时代的变迁来决定的。

命运是否改变，往往皆源自认知与思维的变化。一个人的认知水平，决定了他的人生结局；一个家族的思维模式，引领了它的盛衰兴废。

眼界格局越狭窄，人生越悲观

鹿子霖可谓是白鹿原上最精明的人，然而正是他的精明，使得他一生都处于被动之中。

白鹿原族长一职，从来都是由白家担任。可鹿子霖对权力异常执着，非要与白家争出个高低。他利用乡约的身份挑动族人闹事，然后甩锅给白嘉轩，给他安上意欲造反的名号。后又教唆田小娥带坏白嘉轩最看重的儿子白孝文，败坏白家名声。

鹿子霖为了自己的私欲，将全部身心都放在了算计之上。连冷先生都说他："官瘾比烟瘾还大。"可故事的最后，被他陷害的白孝文当上县长，而他自己却被儿子牵连，进了牢房，落魄余生。看着又一次得势的白家，鹿子霖心中颇为不甘地喊着："天爷爷，鹿家还是弄不过白家。"

实际上，打败他的并不是白家的任何人，而是他自己的认知与格局。鹿子霖之所以斗不过白嘉轩，是因为他的眼中只有白鹿原的一亩三分地，只顾阴谋算计，却从不愿打开自己的眼界与格局。

人与人命运最根本的差别，从不在地位权力的高低，而在于眼界和认知上的差异。认知水平越高，越能洞察事物本质，做出更明智的抉择；眼界越低，越容易执着于比较，囿于自己的世界。

眼界格局，决定一个人的认知方式。若只看得见自己，活在自己认定的世界，便会因视野狭窄、信息闭塞，最终被眼前利益所束缚，失去更多。人终其一生，都在为自己的认知买单。提升自己的认知，不仅仅是为了当下更好的处事方式，还为了更长远的人生发展。

📚 思维方式越单一，生命越浅薄

网络上有这么一个问题："贫穷带给一个人最大的伤害是什么？"有一个回答这么说："比起物质上的相对拮据，精神上的匮乏更让人担心。"精神上的匮乏，往往使思维方式变得单一，只比较结果往往会忽视为人处事的底线。

《白鹿原》一书中，黑娃的父亲是白家的忠实长工，黑娃从小在白家长大，白嘉轩把黑娃当作自己的孩子看待。然而，寄人篱下的生活却让黑娃有了太过强烈的自尊，明显的身份差距始终让他不得自在。

他痛恨白鹿两家的身份地位，痛恨父亲和自己的渺小和卑微。他发誓一定要出人头地，不愿再像父亲一样终身为仆。于是，他开始外出闯荡，等再次回到白鹿原时，他成了呼风唤雨的土匪头目。他开始大肆报复，哪怕是对他有恩的白嘉轩，也被他的手下打断了腰杆子。黑娃一心想改变自己的命运，可思想的贫瘠让他只知道以权力解决问题，最终走上了歧路，落得一无所有。

思维方式影响着一个人的意识和行为方式，进而导致截然不同的人生。认知水平低的人，通常想法很单一，看问题的视角也较为狭窄，为人处世间往往缺乏正确的判断力。这样的人容易固执己见、肆意而为，结果也只会将自己推进火坑。

想要让生命变得厚重，先要丰富思想；想要改变现状，便要认清自己的局限。一个不满足于当下的人，会想办法驱动自己去探索思考，进而完善自己的认知。心量大小，决定着人生的财富；认知高低，左右着生命的质量。

财富与成就，永远会流向最匹配它的人。想要成为这种人，便要丰富自己的思想，提高自己的认知，这样才能认清现实，走好未来的路。

认知水平越低下，生活越困顿

心理学上有个概念叫"管窥效应"。意思是，当一个人的眼睛只通过一根管子看东西时，那么他只能看到管子里面的东西，而管子以外的东西是看不见的。

某种事物的盛行，很容易造就心理上的管窥效应，从而让人过分去追逐那件事物，而失去整体而长远的判断。

在《白鹿原》中，故事一开始，白嘉轩娶回了第七房媳妇，同时他的老丈人还送了一批罂粟种子。那时白家为给白嘉轩娶亲，家境衰败，白嘉轩为了让白家再次鼎盛，偷偷种起了鸦片。

三年下来，罂粟给他带来了巨大的利益，白家迅速兴旺发达起来，白嘉轩甚至翻修了老屋，重修了门楼。上行下效，村里的人看见种鸦片如此挣钱，也开始种植。渐渐地，各种不良习性出现在白鹿原上，村民有了闲钱，便开始赌博，甚至开始吸食鸦片。

白嘉轩深感悔恨，认为白鹿原的乱是他一手造成的，他下定决心要改变现状。可村民却不愿服从，觉得白嘉轩自私自利，白鹿原上的人心开始崩坏。白嘉轩也为此付出了代价，他的儿子白孝文开始吸食大烟，最后败光了所有家财。

很多时候，人们总会注重眼前利益，却忘记了长远的未来。这看似在一步步前行，可到头来不过是在原地打转。一个人往往难以赚到超出其认知范围的钱，若靠运气赚到，最后又会因实力不足而亏掉。长久而稳定的财富跟认知相匹配，而不是依靠一两次的机会获得的。

想要摆脱命运的困境，就要突破认知边界，学会管理自己、提升自己，改变思维模式。向内求索，直面自己的认知偏差；向外借力，领略世界的无穷变化。一个人只有拥有了独立判断的能力，才能把控全局，突破认知局限。

有人说："人有两次生命，一次是肉体出生，一次是认知觉醒。"人这一辈子，都在为自己买单，思想在哪个层次，生活就处在什么状态；认知在哪个范围，人生就在哪个高度。没有钱，或许只贫穷一时，但没有见识，往往会贫穷一世。

无论哪个时代，都没有一劳永逸的事，想要走得更远，爬得更高，想要提升认知的水平，打破思想的壁垒，只有不断地历事练心，丰富思想，拓宽视野，才能找到属于自己的世界与三观。

如此，才能在日新月异的时代中，抓住更多的机遇，改变命运，脱颖而出。

每天都在探索的路上，与钱财无关，与他人无关，与自己息息相关。

第三章　为人篇

人生自洽

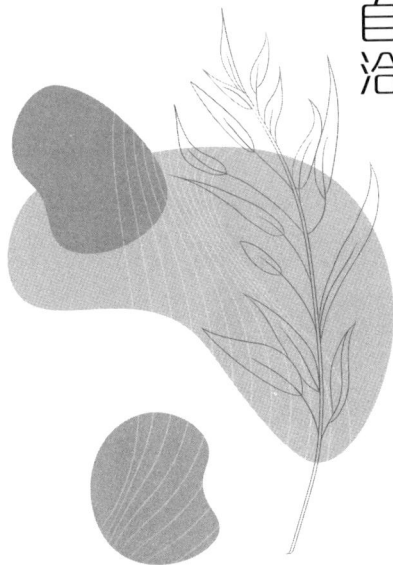

原生家庭不幸福，该和解还是远离？

——从《你当像鸟飞往你的山》中获得解脱

许多人认为原生家庭是一个人的宿命，是一切问题的根源。但真的是这样吗？事实上，决定你能走多远、能过什么样生活的，永远只有你自己。正如《你当像鸟飞往你的山》的主人公塔拉。她生于噩梦般的原生家庭，却通过持之不懈的努力，完成了一场惊心动魄的自我救赎。

"你当像鸟飞往你的山"这句话出自《圣经·诗篇》，原句是"Flee as a bird to your mountain"。这句话有两种阐释，一种是"逃离"，一种是"寻找"。书中既是讲主人公塔拉逃离原生家庭的过程，也是讲她历尽千辛万苦去寻找真正的自我的过程。

存在主义心理学认为，每个人的未来都是由他们当下做出的选择决定的。不管原生家庭带来的影响如何，都不该阻挡你塑造新的自我。而这正是《你当像鸟飞往你的山》带给我们的启发。

📚 世上从来没有完美的原生家庭

在美国爱达荷州的巴克峰，有一个信仰摩门教的家庭。这就是女主塔拉的原生家庭。

塔拉的父亲认为"学校是政府的傀儡，而家庭教育则是上帝的宗旨"。母亲一直尊崇"药是一种特殊的毒，会在余生慢慢腐蚀你"的观点。于是，家里的七个孩子都不去上学，生病、受伤从不就医。

父亲经营着一个垃圾废料场，母亲是草药师兼助产士。塔拉从小就在父亲的废料场帮忙干活，或者跟随母亲制作酊剂和精油。塔拉的整个童年都是与废铜烂铁和各色草药为伴。

暴力血腥也没有缺席。患有躁郁症的父亲不顾她的安危，一次次将她推向废料场危险的轧钢刀；哥哥肖恩则有严重的暴力倾向，常常对她拳打脚踢，还把她的头按进马桶。更让塔拉难受的是，知情的母亲无视她所受的委屈而选择沉默。

父亲的控制、哥哥肖恩的暴戾、母亲的隐忍，让塔拉童年生活在巨大的阴影里。她一度认为自己未来会早早结婚生子，继承母亲的工作去做一个助产士。

塔拉在书中写道："小时候，我等待思想成熟，等待经验积累，等待抉择坚定，等待成为一个成年人的样子。只是随着年龄的增长，我开始思考，我的起点是否就是我的终点——一个人初具的雏形是否就是他唯一真实的样貌。"

随着塔拉步入青春期，属于自己内心的声音渐渐苏醒。而哥哥泰勒是照进塔拉生命里的一束光。泰勒通过自学考上了大学，凭借一己之力撬开了厚壁让光透进黑暗之地，指引着塔拉走向教育之路。

"你想过离开吗？""外面有一个世界，假如父亲不再向你灌输他的观点，世界看起来就会大不一样。"泰勒的话让塔拉对外面的世界产生了不可遏制的向往。于是，天赋极高的塔拉在地下室偷着自学，准备大学入学考试。通过几个月的努力，她收获了一个奇迹：拿到了杨百翰大学的入学通知书。

这个世界上，从来就没有十全十美的原生家庭。大部分父母只是普通人而已，他们可能一辈子都无法走出自己的认知局限，他们也有自己需要解决的心理问题。

原生家庭会影响人的成长，但一味反刍原生家庭，会让我们很容易把自己的失败与不幸归结于他人。重塑自我的权利永远在自己手中。

真正能拯救你的只有自己

每个家庭都会给孩子两个礼物。第一个是常识，就是我们对这个世界最基本的认识；第二个是亲情，是我们和这个世界联系起来的最基本的纽带。如果家庭不正常，这两件礼物就会变成诅咒。

毫无疑问，塔拉得到的就是扭曲的常识与控制型的亲情。当我们以为塔拉上了大学，终于能够离开原生家庭，可以开始全新的生活时，大学最初带给她的却是颠覆和痛苦。

当十七岁的塔拉第一次走进真正的学校，她觉得自己跟周围的一切格格不入，甚至认为自己是个怪胎。生活中的各种小事对她来说都是冲击。她不知道上完厕所后要洗手这样简单的常识；她觉得那些穿着暴露的女同学不道德；她甚至吃个止痛药片都要克服巨大的心理障碍。

渐渐地，塔拉开始发现，那些穿短裤的女孩子明明善良可爱，止痛药也确实缓解了她的牙痛。无可辩驳的事实让她明白，父母从小的教诲有很多都是错误的。

上大学之前，她真的相信父亲所说的世界末日会来临，一夫多妻制是上帝的旨意。但在接受教育的过程中，塔拉逐渐意识到原生家庭的荒谬与野蛮。

最初，塔拉就像一个失去平衡的人，是非、善恶、美丑，这些基本的价值判断全乱了。无知令她渴望学习，贫穷让她加倍努力。她大学毕业后拿到了全额奖学金，而后又赴哈佛大学访学，最终成为剑桥大学的历史学博士。塔拉在书里说："我这一生，这些直觉一直在教导我一个道理——只有依靠自己，胜算才更大。"

有些人始终沉溺于不健康的原生家庭中，哪怕一生痛苦也不愿觉醒；而有些人会从痛苦中觉醒，以最大的勇气去认知和重新定义自我。在思想和认知的发展中，每个人无论何时，都有自由选择的权利。

西方哲学的斯多葛学派主张，人要学会区分身边"可控"与"不可控"的事情。忽视那些不可控的，把握那些可控的部分。

过往原生家庭对人的影响往往就是属于不可控的，但如何来解读这个影响并做出改变，却是可控的。其中，起决定性作用的因素，是一个人的内心。

与自己和解才是人生最好的治愈

从哈佛大学到剑桥大学，从哲学硕士到历史博士……塔拉在求学之路中一步一步重塑自己的人生，然而代价是被视为家庭的背叛者，父母与她决裂。在申请剑桥大学博士期间，父母曾来学校劝告她，说塔拉无耻地追求人类的知识，如果不回家就坚决不会和她见面。

针对童年所遭受的、来自哥哥肖恩的暴力，她曾试图与父亲对峙，却被父亲指责是她自己的臆想。她的母亲曾答应会帮她作证，而后在强势的父亲面前，再次倒戈。同样作为受害者的姐姐奥黛丽，面对父母的偏袒和肖恩的威胁，也决定与塔拉断绝关系。

这让塔拉一度患上心理疾病，在无数个夜晚头痛不已，梦游到牛津街中央大喊大叫。她被从前的自己和新的生活割裂成两个人。一个是活在大山里的乖乖女，被家庭紧紧捆绑，不舍离去；一个是活在知名学府里的新青年，想要展翅高飞，追逐自我。

但塔拉最终意识到，自己与原生家庭无法共存。她能做的就是尽量依靠自己，与过去握手言和。

故事的最后，塔拉已不再为过去的事情耿耿于怀，也摆脱了远离家庭的负罪感。她将自己从精神的奴役中解放出来，像鸟一样飞往了她的大山。

王尔德说："孩子最初爱他们的父母；等大一些他们评判父母；然后有些时候，他们原谅父母。"塔拉没有原谅父母，她只是放过了自己。如果你经历过原生家庭的伤害，不和解也是可以的。有时候，和解也是一种压力。

问题本身并不是问题，而我们对问题的不接纳、对抗，或执着于解决问题，才构成了真正的问题。我们要允许伤害的存在，同时也允许自己拥有选择的自由。与自我和解，才是人生最大的治愈。

塔拉在奥普拉的访谈中说："你可以爱一个人，但仍然选择和他说再见；你可以每天都想念一个人，却仍然庆幸他已不在你的生命中。"这是她对自己原生家庭最好的注解。真正的逃离未必是逃离原生家庭，而是被错误影响的旧我。

我们都曾是孩童，通过父母的指引去观察这个世界。我们也都会成长，去用自己的双眼观察万事万物。我们有各自的道路，哪怕是去往与过去方向相背的远方。

当你决意向前，过去便如同虚无缥缈的幽灵。

如何平衡爱情和自我？
——从《一个陌生女人的来信》中学会爱自己

比起遇见糟糕的爱情，我们更应该害怕的，是在爱情中失去自己。为什么在感情中要学会爱自己？著名作家茨威格的《一个陌生女人的来信》，或许能为我们再度敲响警钟。

"我爱你，与你无关。即使是夜晚无尽的思念，也只属于我自己，不会带到天明，也许它只能存在于黑暗之中。"这是德国女诗人卡森喀·策茨写的一首诗。诗中这种"孤苦一生只爱一人"的悲凉感情，在《一个陌生女人的来信》中体现得淋漓尽致。

这是一个陌生女人，在生命的最后时刻，用一生的痴情，给自己的心上人写下的一封凄婉动情的长信。她表达了自己的爱慕，但也诉说了自己一生的悲哀。爱情本应该是两相情愿的欢喜，但她却始终秉持着"我爱你，与你无关"的自我感动式执念。

在一段感情里，爱自己才是前提条件。一个不懂得如何爱自己的人，往往也会失去拥有幸福的权利。

📚　再爱一个人，也不能太卑微

有人说："爱人爱三分就足矣，剩下的七分用来爱自己。"但在《一个陌生女人的来信》里，女主人公这一生都没有做到。

她从小就生活在贫民窟里，因为缺少父爱，而身边又都是一群丑恶残暴的人，所以她的心里，一直都在渴望真正的爱。她的渴望，在13岁那一年得到了满足。那一年，有位作家搬到了她家的对门。作家长相帅气，谈吐优雅，待人和善，她一下子就被吸引了。年少虽然不知情滋味，但她的眼神开始默默跟随着他。她会偷偷看作家的一举一动，还会触摸作家碰过的门把手，少女心事一览无遗。

可作家本就是一个放荡不羁的人，他夜夜笙歌，带不同的女人回家。她看在眼里，虽然心生痛苦，但依然偷偷期待着。她怀揣着一颗真心，从不敢有所求，只希望作家能有那么一刻注意到她，能发现这偌大的世界里还有那么一个渺小的存在。只可惜，那几年里，作家从未注意过她。

虽然两人后来有些交集，可对作家来说也不过是过眼云烟罢了。即便最后，她在弥留之际满怀深情地给作家写了一封信，作家对她的印象也依旧模糊一片，根本记不起她是众多莺莺燕燕中的哪一位，着实可悲。

在一段感情里，认真付出是没错的。但如果对方是错的人，千万别爱得太满，不然只能换来一场灾难。爱得太满，就会把自己放得很低，可低到尘埃里的爱，永远开不出花来。一段好的感情，从来都不是一个人的事。落花有意，流水也需有情，两情相悦的爱才有必要坚持。

正如舒婷在《致橡树》里写的那样："我们分担寒潮、风雷、霹雳；我们共享雾霭、流岚、虹霓。仿佛永远分离，却又终身相依。"这才是爱情更美好的形式。倘若遇到的只是一个不断消耗你的人，及时止损，才是对自己最好的保护。

再爱一个人，也不能没底线

回看女主人公的一生，悲情是其最突出的底色。

父亲去世后，母亲带着她改嫁到另外一个城市。好在继父经济条件不错，对她也不薄，她逐渐感受到了家庭带来的温暖。本来她可以在这样舒适的环境里生活下去，可她还是忍不住怀念在贫民窟的日子。与其说是怀念贫民窟，不如说是怀念13岁遇到作家的那一年。

作家对于她，变成了一种执念。终于，在18岁后的某一天，她放弃了优越的生活环境，不顾一切地跑到作家所在的城市。她寄宿在亲戚家里，白天靠在服装厂打工养活自己，晚上就跑到作家居住的胡同里，默默守候。终于，作家注意到了她，她高兴极了，却没想到作家风流成性，再次一走了之，音讯全无。

可是这时候，她已经怀了作家的孩子。但怯懦又卑微的她不愿为难作家，决定偷偷生下孩子，独自抚养。她受尽了屈辱，可提起这一切时，她依然无怨无悔，让人哀其不幸，怒其不争。在爱里没有原则和底线的人是可悲的，甘愿被招之即来挥之即去的人，早就亲手断送了自己幸福的可能。

法国女作家波伏娃在《越洋情书》中写道："我渴望见你一面，但我不会开口要求见你，这不是因为骄傲，因为只有你也想见我，那才有意义。"再爱一个人，也不可以抛掉自尊、失去底线，卑微到尘埃里的爱情，不值得留恋。

📚 再爱一个人，也要先学会爱自己

细想想，女主人公其实有两次改变自己命运的机会。只可惜，她都错过了。

一次是母亲改嫁后，那时候的她其实已经脱离了原来的破败环境，身边也有不少优秀的男人追求。可她一心想着作家，明知道作家风流轻浮，却还是痴迷于此，不肯回头。

倘若她能够放下内心的执念，接受新的生活，或许她会拥有一个光明的未来。但人生永远没有如果，失去的也不可能再回来。从她不肯跟那段"爱而不得"的经历和解开始，她悲惨的一生就已经埋下了伏笔。一个不知道爱自己的人，又如何得到别人的爱？

另一次是女主遇到书里的另一个男人——一个鳏夫。鳏夫对她和孩子非常疼爱，也提出可以一起生活，并照顾她的孩子，但女人拒绝了。她依然在等着作家回头，以至于在一次舞会上和作家重逢后，她又不顾一切地投入了作家的怀抱。

她以为作家会有转变，却没想到依旧是噩梦一场。作家不尊重她，给了她几张钞票，就要打发她走。女人被打回原形，孤苦无依。孩子生病了，她没有钱医治；自己生病了，也无能为力。故事的最后，她就这样凄惨地过完了这一生。

卡耐基说："人与人之间需要一种平衡，就像大自然需要平衡一样。"世间万物是如此，人和人之间的感情尤甚。失去平衡的关系不会长久，不懂得爱自己的人，也很难得到爱。

女主人公的一生是悲惨的，但她却用实际行动告诉我们无论在任何关系中，都不能丧失自我和尊严。爱情本应是锦上添花，而不是让人低入尘埃的负累。

> 人和人之间想要保持长久舒适的关系，靠的是共性和吸引，而不是压迫、捆绑、奉承和一味地付出以及道德式的自我感动。

如何判断一段感情能否持久？

——从《傲慢与偏见》中洞察爱情与婚姻的真相

什么才是真正的爱情？如何才能让爱情永久保鲜？如何面对爱人那些我们无法接受的缺陷？一段好的感情背后到底藏着什么？英国著名作家简·奥斯汀的《傲慢与偏见》是爱情小说中当之无愧的代表，而它所讲述的几对不同情侣间的爱情故事，也给我们当下的生活带来不少启迪。

毛姆列的"世界十佳小说"中，简·奥斯汀的《傲慢与偏见》赫然位列第二。这部风格独特的小说，看似写恋爱，实则写婚姻、写生活、写众生百态。

两百多年前的英国乡镇，小乡绅班内特家的五个女儿为了把自己嫁出去，在一个个社交场合中权衡利弊。黄金单身汉宾利、贵公子达西、军官威克姆、表亲柯林斯纷纷登场，与女孩们上演了一出出热闹的爱情喜剧。

两百多年后的今天，关于婚姻与爱情，《傲慢与偏见》依然能给当下的我们很多启示。

📖 班内特夫妇：
男性角色缺失，会造成家庭关系失衡

班内特夫妻这对组合很有意思，妻子庸俗、市侩，而丈夫却幽默、智慧、绅士，给人不食人间烟火的感觉。初看之下读者难免鄙视前者，越往后读却越觉得后者简直"可恶"。

班内特先生最初被太太美丽的外表吸引，婚后没多久就因发现妻子的"庸俗"而痛失了对婚姻的希望，从此把自己关在书房不理俗事。家里的日常琐事，他不搭理；五个女儿的婚姻大事，他不筹划；最小的两个女儿举止不得体，他不管教；妻子固执己见，他不规劝；最可气的是，当班内特太太为了五个女儿的终身幸福到处奔走时，他不但不帮忙，反而对妻子冷嘲热讽。

班内特太太的婚姻，不就是典型的"丧偶式婚姻"吗？如此，班内特太太的"俗"，也就能被解释成是一种"世俗"。为了家庭的运转、女儿的幸福，她才变得日益庸庸碌碌。有趣的是，当三个女儿出嫁以后，班内特太太在后半生变成了一个"通情达理、和蔼可亲、见多识广的女人"。可见，正是丈夫、父亲角色的缺失，才让她被迫扛起了更多的重担。

婚姻，是两个人的携手并肩，妻子和丈夫各司其职。"丧偶式婚姻"不仅会让夫妻双方精神状态不佳、感到孤独,还会给子女造成诸多负面影响。丈夫多关心家庭,妻子多一些放手和有效沟通,双方共同努力,双向奔赴,才能携手走向幸福。

📚 莉迪亚与威克姆: 冲动结合,婚姻埋下隐患

班内特家的小女儿莉迪亚热衷于参加舞会,也正是在某次舞会上,她邂逅了仪表堂堂的威克姆,两人结成了书中最草率、最儿戏的婚姻——没有长时间的接触,没有深入的了解,甚至没有考虑后果,两个人直接私奔了。

如果没有两方家长的奔走和达西先生的斡旋促成二人成婚,莉迪亚几乎就要身败名裂了。作为家中年龄最小的女儿,莉迪亚还远没有到该"恨嫁"的年龄,她的"闪婚"很大程度上源于她对婚姻莫名的焦虑。这其实也像极了当今社会一直强加到未婚男女身上的婚姻焦虑。

果然,莉迪亚与威克姆的冲动结合,在婚后不久就暴露出了诸多问题:经济上难以独立,情感上激情褪去。在当时保守的时代背景下,两人才勉强保全了婚姻的体面与形式,如果放到现在,两个人应该很难不以离婚收场。

恋爱或许可以是感性的选择,但婚姻必须是理性权衡的结果。在婚姻问题上的慎重,才是对彼此、对爱情、对未来最大的珍视

与尊重。

📚 夏洛特与柯林斯： 用心经营，才是长久的相处之道

班内特家的远房表亲柯林斯向女主伊丽莎白求婚遭拒后，转身和她的好友夏洛特成婚，荒诞的结合让他们成了外人眼中最不受认可和期待的一对。

事实却是两人的婚姻被严重低估，夏洛特与柯林斯婚后和谐的相处模式可圈可点：

柯林斯尊重妻子，还会爱屋及乌地将妻子的娘家人奉为上宾；

他们的生活富足且安逸，柯林斯有稳定的收入，夏洛特将居所布置得十分得体；

他们给彼此足够的空间，柯林斯可以自由地在书房独处，夏洛特则在起居室做自己的事；

两个人相敬如宾，从没有过争吵、指责和挖苦，永远赞赏对方。

考虑到二人基础的外在条件——夏洛特是一个没有财产的"大龄剩女"，而柯林斯顶多算是矮小古板的"经济适用男"，能把婚后的生活过得如此温馨美好，不得不说二人确实在婚姻中用了心。

无论是古代的盲婚哑嫁，还是现代社会的自由恋爱，幸福婚姻的秘诀往往不是乍见之欢，而是久处不厌。举案齐眉、相敬如宾的相处模式虽然听上去有些古板，却也暗藏着婚姻最坚实的基础——

互相尊重，同舟共济。

简与宾利：
基础再好的感情，也要表达爱

　　班内特家美丽温柔的大女儿简，和年轻富有的新邻居宾利先生在舞会上一见钟情。所有人都认为他们是天造地设的一对。然而这一对金童玉女，也遭遇过意想不到的危机。达西作为宾利的好友，认为两人不甚般配，于是他仅用一个理由就轻易说服了宾利不辞而别。他的理由是，简看上去好像没有那么爱你。

　　宾利被说服当然有他自身优柔寡断的因素在，但是他为什么那么容易就相信了呢？因为简含蓄内敛，似乎真的没有对他表现出过逾矩的爱慕。从古至今，含蓄内敛都算是一个美好的品质。但过于含蓄不适用于爱情，过于内敛不适用于婚姻，因为基础再好的婚姻，也要表达爱。

　　我们总说，结婚过日子就要踏实，不需要再延续恋爱时那一套。殊不知，婚姻从浪漫走向凡俗，也往往是从不再说那些甜言蜜语开始的。所以，夫妻双方不但要讲爱，还要持续地、有技巧地输出爱，在日常的生活中要有仪式感，要懂得欣赏和感恩。永远把配偶当恋人，用过日子的心态夯实物质基础，用谈恋爱的心态构造上层建筑，该有多幸福！

伊丽莎白与达西：
情绪价值，影响着感情的幸福指数

宾利的好朋友达西，因为傲慢而给伊丽莎白留下了非常差的第一印象，从此二人开启了互怼互爱的日常。这对欢喜冤家的故事，无疑是五对里最有看头，也最富喜剧性的。

被"霸道总裁"达西选中的伊丽莎白，有什么过人之处吗？论外表，小镇最美的姑娘是简，伊丽莎白并没有美到让达西一见钟情的程度；论智慧，夏洛特也聪明，她还比伊丽莎白家世更好；论才华，妹妹玛丽才是家中书读得最多、琴弹得最好的那个；论家世，达西的表妹能甩出伊丽莎白一大截……伊丽莎白的特别之处，在于率真直爽，而且幽默风趣又见解独到。对达西来说，这便是伊丽莎白最特别、最动人的地方，毕竟好看的皮囊千篇一律，有趣的灵魂万里挑一。

此外，最重要的一点是，伊丽莎白与达西在相处过程中，逐渐放下了自身的傲慢和对彼此的偏见，开始达成了一种双向奔赴的"共情"状态。正是这种持续输出且稳定的情绪价值，让双方的关系更加牢靠。

加德纳夫妇：俗世感情的理想范本

若论书中最"接地气"的理想婚姻，还得看伊丽莎白的舅舅、舅妈——加德纳夫妇。

　　两人无论是人情往来、教育子女，还是帮扶亲戚，都是共同参与的，没有角色缺位；他们用心把家庭经营得温馨富足，生活充满仪式感，每年都会抽出一段时间携手度假；他们还会为对方提供情绪价值，丈夫利用假期陪伴妻子重游故乡，妻子在丈夫奔波劳碌时第一时间赶去相伴……可以说，这对夫妇让我们看到了普通夫妻认真经营婚姻的美好样子。

　　世界上有多少种人，就有多少种婚姻。我们可能和错的人结婚，也可能将婚姻变成爱情的坟墓。如何经营婚姻和保存爱情，是人世间永恒的主题。

　　婚姻是珍贵的，它需要双方深思熟虑、再三权衡，郑重缔结永恒的契约；婚姻是漫长的，它需要双方风雨同舟、携手并肩，一起奔赴幸福的终点；婚姻是平淡的，它需要双方为彼此的生活制造仪式惊喜，为单调生活增加浪漫。

　　　　　　　　爱是生命的礼物，不是救命的稻草。

我们该如何有效沟通？

——从《非暴力沟通》中获取沟通的秘诀

网上曾有一个热门话题：为何爱我们的人，说话却往往伤我们最深？生活中，你是不是总是对外人客客气气，对家人却说话毫不在意？因为太过亲近，我们总是下意识忽略对方的感受和需要，甚至说出伤害亲近之人的语言。如果你也时常如此，相信这本《非暴力沟通》会帮你掌握更好的表达方式。

从出生到死亡，沟通贯穿我们的一生。无论是在工作中还是生活中，好的沟通都无疑会让我们的生活更加轻松愉快，而恶语伤人则常常带来糟糕的结果。

著名非暴力沟通专家马歇尔·卢森堡博士，在《非暴力沟通》一书中，为我们介绍了一种新的沟通方式。这种方式被称为"爱的语言"，它能帮助我们正确地表达情绪，减少亲密关系的阻碍，获得和谐幸福的婚姻。

📚　正确表达情绪，化解争吵

一位主持人分享过自己的一段经历。有一次，她和丈夫因为小事争吵，由于担心自己吵输，于是挑丈夫的痛处回击："你凭哪一点能配得上我？你知不知道你离过婚，是二手货，你根本就配不上我！"听完这些，丈夫瞬间沉默了，然后收拾好行李准备离开，出门前回头说道："你知道吗，有些话是不能说出口的。"

从那之后，她开始反省：语言是伤人的利器，也是一种暴力，而自己有可能就是一个家暴者。即使和好了，也会让对方心里留下疤痕。

拿破仑曾说："能控制好情绪的人，比能拿得下一座城池的将军更伟大。"

当老公气愤地对你说："我从没见过像你这么自私的人！"你脑子想到的是什么？

你可能会反驳，"我没有，你才是自私的人！"也可能会自责，"嗯，我确实没考虑到你的感受，真是自私！"

这是两种最常见的反应，几乎人人都说过类似的话。然而在亲密关系中，这两种应对方式都不是最理想的。驳斥对方往往会进一步加剧怒火，将争吵升级；而自责会导致我们内疚、惭愧，甚至厌恶自己。

其实我们还有两种选择：一是体会自己的感受和需要，二是体会他人的感受和需要。例如："听到你这样说，我感到伤心，因为我看重信任和接纳，我希望你能够理解我做的事情。""你看起来有些难过，你是不是希望我能够多体贴和支持你？"了解自己的需要、愿望、期待以及想法，我们就不再指责他人，而是承认我们的感受来源于自身。

所以，在争吵中，我们可以借助一个句式来表达我们的情绪："我（感到）……因为我……"这种表达方式能帮助我们认识感受与自身的关系。例如："你没把饭吃完，妈妈感到失望，因为妈妈希望你能有一个健康的身体。""老板说话不算数，我很生气，因为我想有个长假陪孩子去动物园。""甲方取消了合同，我很不高兴，因为我认为这是极不负责任的行为。"

暴力的语言是一把双刃剑，在刺向对方的同时，也给自己造成了伤害。虽然争吵不可避免，但我们可以在争吵中有意识地觉察自己的情绪，思考情绪背后的需求，用恰当的语言来表达感受，化解争吵。

不过，知道了表达情绪的正确方式还不够，我们还要知道如何说对方才愿意做，因为只有切切实实的行动才能帮助我们解决问题，让生活更加舒心。

用非暴力沟通，获得积极回应

对于大部分人来说，我们常常会用错误的方式来表达自己的需要。例如："你就不能帮我把地拖一下吗？""你怎么总是这么晚才回来？""我希望你好好关心我！"

因为这些话中藏着"批评""指责""评判"，忽视了彼此的感受和需要，将冲突归咎于对方，自然也就没办法获得积极的回应。看似都表达了需要，但却得不到想要的结果。这也就意味着，我们需要换一种沟通方式，在不伤害关系的前提下，获得对方更加积极的回应。

卢森堡博士说："一旦人们认为我们是在强迫他们，他们就会不太想满足我们的愿望。没有人喜欢被强迫，如果我们希望对方满足我们的愿望，就需要避免出现这样的状况，在表述中做到非暴力沟通。"

非暴力沟通，简单地说就是四个步骤：

第一步，观察，留意发生的事情，清楚地表达观察结果；

第二步，表达感受，例如受伤、害怕、喜悦、开心、气愤等，越具体越好；

第三步，说出哪些原因导致那样的感受；

第四步，为了解决问题或改善现状，提出具体的请求，越明确越好。

这四个步骤，可以帮助我们更加诚实、清晰地表达自己，通过请求而非命令来表达愿望，获得对方积极的回应。

朋友结婚第一年，常常因为一些小事跟老公怄气，弄得两个人很不愉快。有一次老公请堂兄弟来家里吃饭，想到要收拾厨房，她心情就很烦躁，于是不耐烦地对老公说："我不想做饭也不想吃饭，你请的人你自己招待吧。"

老公觉得她不近人情，她觉得老公不够体贴，婚姻关系变得很紧张。过了一段时间，他们在一个双方心情都不错的晚上，试着用非暴力沟通的方法深入探讨这件事。

朋友说："你发现了吗？每次家里来客人，我不仅要提前收拾家里，准备食物，饭后还需要洗碗、打扫厨房，这使我的休息日增加了很多工作量，让我疲惫不堪，我希望能有多一些休息时间。能不能改成每个月有两个周末是只有我们两个人的呢？"老公听后，很愉快地答应了，之后他们再也没有为这件事吵过。

任何关系的经营都需要智慧，那些不经思考说出来的话往往得不到对方积极的回应。我们需要清楚地表明自己的期待，只有将想要的回应讲得越清楚，才越有可能得到理想的回应。

英国诗人查普曼说："爱神是万物的第二个太阳，它照到哪里，哪里就会春意盎然。"当我们学会了用正确的方式来表达情绪，用恰当的语言来提出请求，对方感受到的将不再是抱怨和指责，友善的沟通会让我们的生活变得更加舒心。但需要注意的是，任何时候都别忽略了自己，在与自己对话时，同样需要用爱的语言来交流。

📚 学会和自己对话，悦纳自我

王尔德说："爱自己是终身浪漫的开始。"爱自己，也是我们一生的课题。很多人都明白这个道理，但在实际生活中却难以做到，常常用一些暴力语言来打击自己，如"应该""不得不"等。

当我们在说"我应该""我不得不"时，会让我们感到无奈和沮丧，因为"应该"意味着我们在无形中限制了自己的选择。

电影《无问西东》里有一对夫妻：刘淑芬和许伯常。刘淑芬用平时省吃俭用攒下的钱，供许伯常读大学。她本以为自己的付出，会让丈夫心存感恩，结婚后对自己好点儿。但事与愿违，许伯常与她渐行渐远。即使住在同一个屋檐下，也把她当作一个透明人，根本不和她沟通。甚至连刘淑芬用过的碗筷、水杯、水瓶，也要避而远之。

长时间的沉默，让刘淑芬越来越压抑，可她无论怎么吵闹，许伯常都无动于衷。刘淑芬万念俱灰，跳入冰冷的水井中自尽而亡。她悲怆地说："你让我觉得，我是这世上最糟糕的人。"

卢森堡博士说："我们行为的动机反映了我们是否爱惜自己。出于对生命纯洁的爱，而不是出于恐惧、内疚、羞愧、职责或义务来选择生活，是爱惜自己的重要体现。"如果刘淑芬能够思考自己的需求，或是意识到许伯常并非良人，不将期待放在对方身上，也许就能避免悲剧发生。

林清玄曾说："人生不如意之事十有八九。常想一二，不思八九，事事如意。"面对生活中的不如意之事，你是否有过这样的抱怨："我不得不加班！""我不得不辅导孩子做作业！""我不得不让着婆婆！"

当我们说"不得不"时，在主观意识上会产生一种无力感，意味着将责任推了出去。若是换成"我选择"，便是将责任扛了起来。

"我选择加班，是因为我想要在工作中获得更多的成就感。"

"我选择辅导孩子做作业，是因为我想要孩子获得更好的成绩。"

"在和婆婆出现分歧时，我选择忍让，是因为我想要和睦的家庭关系，我想拥有更大的包容心。"

当我们用"选择做"代替"不得不"时，我们就能与自己对话，专注于尚未满足的需求，培育对自己的爱。在爱的主导下，我们的生活也将变得和谐并充满快乐。

英国散文家赫兹里特说："谈话的艺术是听和被听的艺术。"我们需要与人沟通，需要关系的滋养，而这一切离不开语言。《非暴力沟通》与其说是一本讲沟通技巧的书，倒不如说是一本人生指南。它帮助我们认识自己的情绪，挖掘自己的需求，用爱和理解去倾听他人，增进我们与周围人的连接。这种沟通方式不仅适用于婚姻关系，职场关系、亲子关系、婆媳关系同样适用。

有效的沟通，离不开好好说话。

我们要的是一起解决问题，而不是去解决彼此。

我们该如何对待亲密关系？

——从《亲密关系》中看透关系的本质

在当下网络以及影视中诸多浪漫主义爱情观的引导下，很多人对"理想伴侣"存在一些错觉。其实，没有天生合拍的伴侣和永远甜蜜的感情，任何亲密关系，都离不开用心呵护与经营。关于如何经营亲密关系，在这本畅销多年的《亲密关系》一书里，心理学家克里斯多福·孟给出了答案。

网络上曾经有个热搜话题：怎样看待离婚率越来越高这一现象？有个高赞回答是：不是婚姻有错，是我们索要的太多。

高质量的婚姻，不是以爱为名相互索取，而是彼此扶持。在《亲密关系》一书中，作者克里斯多福·孟让我们尝试着先放下对理想伴侣的幻想，从心理层面改变："亲密关系中的所有事都不能让你满足，所以在你责怪伴侣或挑剔亲密关系之前，有必要先检查一下自己的内心。"

📚 理想伴侣，只是你的幻想

克里斯多福·孟是加拿大人，他的太太是中国台湾人。最初，语言的不同，让他们连最基础的沟通都很困难，但这并未阻碍他们相爱和走进婚姻的殿堂。

然而，婚后不到6年，克里斯多福就觉得妻子与婚前判若两人。那时，他在世界各地开心理工作坊，游刃有余地为人们疏导心理问题，可他却害怕回家面对妻子。

每次他结束工作回到家，兴致勃勃地跟妻子分享那些有趣经历时，妻子毫无兴趣，反而打断他："你记得买牛奶回来了吗？"这话让克里斯多福·孟的好心情跌进谷底，但想到答应妻子的事情没做，只能回答："啊！我忘记了……"听到这个回答，妻子也很不开心，对他说："为什么我就叮嘱你做这么一件事情，你都不做呢？"

可克里斯多福·孟不觉得自己做错了什么，反而认为妻子不该为小事埋怨自己，就争论道："你不是叮嘱我一件事，而是很多事……"一来一回，争吵逐渐升级。妻子被气得不想跟克里斯多福说话，家里的气氛也变得压抑。克里斯多福也不知道如何跟妻子缓解关系，同时心里也很委屈，觉得自己好不容易回家一次，妻子应该对他关怀备至，而不是指责、冷落。

时间久了，他开始觉得妻子不善解人意，也不理解他工作的辛苦，甚至质疑当初跟她结婚的决定是否正确。直到有次他喝醉酒，跟朋友哭诉："她跟我想象的相差太远。我的伴侣，应该是迎接我、崇拜我，知道我下一步要做些什么，无论我做错了什么，也会始终原谅我的人。"

然而，朋友却毫不客气地告诉他："你这根本不是想结婚，是想找条狗啊……"这句话让克里斯多福意识到，一段关系里，人们之所以总是失望，大都是因为内在需求没有得到对方的积极回应。

当克里斯多福不再以自身想法为标准去衡量和要求妻子，改变沟通方式后，夫妻感情迅速回温。他在《亲密关系》中写道："人们恋爱的真正原因，往往不是他们自己所想的那回事。开始和维持一段亲密关系背后的真正动机，其实在于需求。"

有一位网友小岩，为了找到理想伴侣，她罗列了一份包含80多项要求的清单。最终，在一次旅行中，她找了自以为符合标准的男生。然而人生不是剧本，每个人都是独立个体，没有人可以完全按你的意愿生活。相处不到半年时间，小岩就认为对方跟中年油腻男毫无区别，对这段感情失望透顶。

两个人最初在一起时，会不自觉地隐藏自身缺点，以此赢得对方青睐。当我们在对方身上看到自我心仪的一面时，就会误以为对方是符合自己标准的那个人。这种情况下，你以为的理想伴侣，其实只是相恋时，你心里给对方加的滤镜。

然而这种滤镜，却无法躲过现实的考验和时间的磨炼，到最后，你以为的良人已变，其实是你被困在自己的错觉里，徒生怨念。

和谁结婚，都是和自己过

约翰和玛莉是一对情侣，两人最初生活在一起时相处得还不错。后来，玛莉总把洗手间弄乱并且忘记收拾，这让约翰非常不满。起初，约翰还能用幽默的语气提醒玛莉收拾，可玛莉下次依然如故，这让约翰十分抓狂。

一次，约翰再次发现洗手间乱成一团，终于忍无可忍，对着正做早餐的玛莉发难："到底要说多少次，你才会收拾洗手间！"

玛莉慌忙道歉，可约翰却不依不饶："你把浴室搞成了有障碍物的跑道！"玛莉也瞬间恼了，反击道："哪有这么夸张！你不要老是让我按照你的想法去做！"最终，他们不再隐忍，爆发了相识以来最激烈的争吵。

幸好，他们遇到了克里斯多福·孟。克里斯多福·孟在和他们沟通时发现：玛莉家教严格，儿时衣服不收好，母亲会罚她跪；牙膏没盖好，父亲会骂她几天；玩具没放好，所有玩具全会被丢进垃圾桶。在玛莉心中，一直认为自己是家里的累赘。

约翰是家中最小的，童年时，他的生日没人记得；度假时，他的意见家人直接忽视。在他记忆里，无论怎么吵闹，家人总觉得他烦，不予理睬，约翰觉得自己在家里是个隐形人。

表面上，他们是因洗手间问题而指责对方，实则是对方言行像极了儿时的父母，让自己再次感受到熟悉的挫败感，便试图用争吵掩盖内心不愿触碰的痛。

克里斯多福·孟说："亲密关系中最大的问题，便是我们面对痛苦的态度。试图用吵架来避免面对痛苦,虽然这样很快能获得平静,但痛苦仍然存在,有机会的话还会再次浮现,而且这样也会把伴侣拒于千里之外,导致彼此愈来愈不信任对方。"

唯有直视那些让自己心生恐惧的痛苦,才能避免与不必要的痛苦纠缠。一位网友表示,从前他要求妻子跟自己一样追求精致,看到妻子出门不化妆就难受,还会指责对方仪态差。直到被提离婚,他才意识到对方早已不堪忍受。

为挽留妻子,他在发现妻子沐浴球坏了时,不再埋怨她不讲究,而是直接扔掉,并在逛超市时顺手买了新的。这小小的举动,让妻子高兴了好几天,他自己的心情也跟着愉悦起来。

不以自己的需求去要求伴侣,是夫妻关系变好的开始。两个人成长过程不同,接受的教育不同,在一起生活,想法难免会有冲突的时候。婚姻并不是一场比赛,无须事事争个对错输赢;而是在产生矛盾时,我们要懂得理解对方,学会站在对方的角度思考问题,并及时表达内心感受,不让对方来猜自己需要什么。

其实,和谁结婚,都是和自己过。只有正视并安抚自己内心的需求、问题或情绪,才能不轻易伤及对方,从而获得更健康稳定的亲密关系。

找回自我,是《亲密关系》里的必修课

再好的婚姻,也需要结两次,一次是幻想,一次是现实。无论

是过去、现在、未来，我们很难不与亲近的人发生矛盾。心中想象的伴侣破灭后，懂得及时修复感情，才能避免走入现实婚姻破裂的结果。

在《亲密关系》这本书中，克里斯多福·孟指出了与人建立亲密关系时，非常重要的 4 个阶段。

第 1 阶段：月晕

在生活中，我们不难发现，很多人在与爱人发生矛盾时，会脱口说出："如果你真的爱我，你就会为我做……"这便是处于月晕阶段。

处于这个阶段的人，会根据伴侣的某些特质，在心中描绘梦想情人的模样，并把自我需求加之其身。与伴侣相处时，会用想象中的标准去思考，以此来找到想要的归属感，并不断确定自身的重要性。当对方不符合心中所想时，便会下意识地试图将对方改造成自己想要的理想样子。

克里斯多福·孟说，这个阶段，一定要明白：我们真正需要的，除了自己，没有任何人能给。当你学会放手，学会接纳，不把自我需求强加在伴侣身上，有底线地看待对方缺点时，就会不再需要通过他人的言行，让自己变得完整。

第 2 阶段：幻灭

当对方总无法满足你的需求，让你产生失望、痛苦等负面情绪时，就意味着你进入了自我想象开始幻灭的阶段。有些人发现对方无法弥补自己曾经的缺失，可也不愿意去直面内心最深处的痛，就会在对方言行触碰到自己内心的痛处时，用争对错的方式来逃避，证明自己没有问题。

然而，针锋相对只会让彼此的心越离越远，这也是很多人最后一拍两散的根本原因。克里斯多福·孟认为，真正有效的方式，是让彼此的伤痛都浮上台面，然后用健康的方式来处理它。

第3阶段：内省

走到内省阶段，就要恭喜你了，这一阶段相当于在经历幻灭阶段后，自我所产生的正向选择。内省是遇到冲突时，检视自我想法和感觉的过程。通过内省，你会懂得如何与内在自我和平相处，用爱来面对它们。

例如，约翰和玛莉争吵后，两人听从克里斯多福·孟的建议，回顾过往经历，找出了在与对方产生冲突时，自身最害怕面对的是什么。然后，他们坦诚倾诉对方的行为带给自己的感受，同时也正视自身行为给对方带来的痛苦，从而真正修复了问题。

第4阶段：启示

经历以上三阶段后，你会懂得，真正的爱，需要双方不断探索。再遇到类似矛盾时，便能积极对待，第一时间与伴侣寻找问题症结，用对的方式沟通。

克里斯多福·孟说："寻找真挚永恒的亲密关系，其实就是寻找自我。"开始一段亲密关系，就等于走上了找寻自我的过程。你对自我了解得越深刻，也就越容易在这段感情中获得想要的幸福感。

其实在亲密关系中，我们在意的每件事，通常是内心过往缺失的投射，渴望亲近之人为我们补上这份缺失。真正的爱，不是理所当然要求对方，是看清婚姻真相后能找回自我，是在面对生活的一地鸡毛时，依然有携手共度余生的勇气。

真正的亲密不是我可以拥抱你，而是我可以拥抱你的脆弱。

如何面对渐行渐远的朋友？

——从《漫长的告别》中读懂成年人的友谊真相

爱因斯坦曾说："世间最美好的东西，莫过于有几个头脑和心地都很正直、严正的朋友。"但美好的东西往往是不易获得的。在少不更事的年纪，我们以为友情会长长久久。但美国作家钱德勒的名作《漫长的告别》，则给我们上了一堂专属于成年人的友情课。

1953年，美国作家雷蒙德·钱德勒因为爱妻病重，陷入了巨大的痛苦中。在死神慢慢逼近中，钱德勒写下了这本《漫长的告别》，作为与妻子的永别之礼。

这本书讲述了一个紧张刺激又哀婉动人的故事，虽然包裹着凶杀案的血腥外衣，内核却指向了成年人之间无奈又决绝的分别。有些人，相遇时引为知己，再见时恍如隔世；有些情，相爱时炽烈如火，相别后厮杀如敌。聚散无常，缘起缘灭，本是人生常态。

可总有人拿得起却放不下，想重来却无能为力，只能任由岁月冲刷，让感情消逝于无形。

📚 再好的关系，也难敌现实的磨蚀

故事开始于一场俱乐部外的邂逅。一天晚上，私家侦探马洛偶遇了酒鬼特里。喝得大醉的特里当时被开车的女伴抛在街边，而马洛怕他冻死在那，就将他接到了自己家中。

特里酒醒后，和马洛一番交谈下来，他们才发现，彼此都是被这个世界遗弃的可怜鬼。马洛，一个40多岁的独居老男人，双亲过世，没有兄弟姐妹，因为做侦探得罪了不少人，生活里一个朋友也没有；特里，虽然是大富翁哈兰波特的女婿，却不过是豪门千金纵情酒色的遮羞布，从未被哈兰一家当人看，内心自卑且孤独。

他们一个说着"我就是死了也没人发现"，一个说着"我不过是有钱人养的一条狗"。同样孤苦的心境，让马洛与特里惺惺相惜，成了知心好友。从这天起，他们每天傍晚都会去小酒吧，点一杯"螺丝起子"，畅聊心事，互相安慰。

可好景不长，意外猝不及防地发生了。一天晚上，特里狼狈地来到马洛家，神色慌乱地请求马洛立刻送他去机场。他浑身血污，手里还紧紧攥着一把枪，马洛有无数问题要问，但还是选择了相信自己的朋友。

特里在临走前，十分犹豫，他说："警察马上就会来，我给你时

间想清楚，我不想连累你。"但马洛还是决定送特里走。临别之际，他们什么都没有说，当飞机从头上飞过，马洛知道，他失去了这辈子最好的朋友。

命运就是这样残酷，再好的关系，也敌不过现实的磨蚀。马洛无权无势，自己尚在生死线上挣扎，没有能力替朋友出头；而特里虽家财万贯，却处处受困，任人摆布。因此，他们对眼下的处境都无能为力，除了分别，别无选择。

人生像是一辆疾驰的列车，每个人都有自己不同的轨道，相遇是幸运，错过是正常。很多时候，两个人渐行渐远，并非感情淡了，而是困于现实。或许有不得已的苦衷，或许是被外界掣肘，我们能不忘初心，可命运不见得愿意成全。

再深的感情，也难逃岁月的侵蚀

特里走后的第二天，他的妻子西尔维娅被杀的消息便轰动了全城。一切证据都指向了特里，而与他交往甚密的马洛，也很快以"事后从犯"的罪名被捕入狱。

然而，令人没想到的是，在承受了不少折磨后，马洛被无罪释放了。原因是警方已经确认，特里在墨西哥畏罪自杀。

面对这个消息，马洛一边承受着失去挚友的巨大悲痛，一边在重获自由后感到恍恍惚惚。但在他还没搞清状况时，又被扔进了另一张阴谋的巨网。

特里死亡的消息传开后不久，一位名叫艾琳的神秘女人找到马洛，请他去找失踪的丈夫，她的丈夫就是大名鼎鼎的畅销书作家罗杰。

寻找罗杰的过程中，马洛发现，这对夫妻竟然和特里夫妇之间，还有着复杂的四角关系。特里是艾琳的初恋男友，后来成了西尔维娅的丈夫。而艾琳如今的丈夫罗杰，又成了西尔维娅的情夫。

看着特里和罗杰都周旋在西尔维娅身边，艾琳发疯一样地嫉妒。于是她设计了残忍的"连环杀人局"，想要报复所有人。

人性的复杂程度有时会超乎想象，尤其是陷于感情中时。听过这样一句话：在这个世界上，感情是最经不起考验的东西。坚固时，如钢打铁铸；脆弱时，又一碰就碎。用情感和人性对赌，无论再深的感情，置于岁月的洪流中，都有随时倾覆的危险。

人生，是一场漫长的告别

特里离开后，曾寄给马洛一张 5000 美元的钞票，希望他能安度余生。后来，马洛时常盯着这张钞票发呆，再窘迫都没舍得花，毕竟这是特里留给他的唯一念想。

随着对案件的深入调查，他发现特里根本不是他以为的样子，而是一个身份复杂、极具城府又不择手段的人。整个案件甚至都是他在暗中操纵。他借妻子的死，卷走了巨额财富，假造"畏罪自杀"蒙混过关，后来又做了整容手术，改头换面成了墨西哥上流社会的大富翁。他彻底摆脱了哈兰家，甩掉了令他头疼的艾琳，过上了梦寐以求的生活。但他的心里也扎着一根刺，就是利用和欺骗了马洛。

终于，在一个阴雨绵绵的傍晚，他鼓起勇气约了马洛去酒吧，二人再次喝起了"螺丝起子"，可对二人而言，这酒已不是从前的味道。马洛平静地盯着面目全非的特里，他本想说："我为了救你，差点丧命，你这个混蛋！"可话到嘴边，却觉得说什么都没有意义。

"我们曾经是很好的朋友。"特里闷闷地说，之后，俩人又陷入死一般的沉默。最后，马洛说："特里早就死了。别了，朋友，我不会和你说再见，因为当年送你去飞机场的时候说过了。"马洛起身告别，临走前，把那张 5000 美元的钞票，轻飘飘地丢在了桌子上。

同一个人告别，说声"再见"很容易，难的是从心里放下这个人，舍弃这段情谊。人生好似一场追逐赛，起跑的时候，我们同行者众。可跑着跑着，你会发现，身边的人越来越少，最后只剩自己奔跑于孤独中。

成年人的告别，往往都是悄无声息的。有些告别并非发生在一瞬间，而是并肩同行了很长一段路，在逐渐看清真相后才慢慢完成的。

"说一声再见，就是死去一点点。"村上春树曾被钱德勒的这句话深深触动，他将小说《漫长的告别》反反复复看了十几遍。经历过聚散离合的人，或许能更深切地懂得，钱德勒真正想讲述的是生离死别中的厮杀与悲痛。恰如学者止庵所言："40 岁以后的人，才能喜欢上钱德勒。"我们一生会遇到很多人，有的擦肩而过，有的一见如故，但最终都会走向离别。毕竟，选择不同的人，会走向不同的远方；不是一个世界的人，也终究无法长久陪伴。

人生是一场漫长的告别，愿我们不得不说"再见"的时候，不留恋、不纠缠、不强求。

与君同舟渡，达岸各自归。

为什么要和不同观念的人做朋友？
——从《柳林风声》中开拓成长的边界

我们经常会听到这样的声音："三观不同，不必强融""认知不同，不必争辩"……但如果人总待在"同类"的圈子里，听相同的声音，接受类似的观念，久而久之，就很容易丧失改变的勇气。读完这本《柳林风声》，你会发现：有时候，勇敢走出去，你收获的不只是一段友谊，还可能是一个全新的自己。

在英国文坛上，有这样一本童话小说：出版仅一个月，就风靡全球，成为大人和孩子的必备床头书。此书还一度成为众多创作者的启蒙书，无论是《哈利·波特》中的獾，还是《蛤蟆先生去看心理医生》中的蛤蟆，都是以这本书中的角色为原型。这本书，就是肯尼斯·格雷厄姆的《柳林风声》。

书中以英国的泰晤士河畔为背景，讲述了鼹鼠在机缘巧合下结识了三位性格迥异的朋友的故事。在他们的帮助和引领下，鼹鼠最终从一位鲁莽、无知的少年，成长为一位受人喜爱，能洞见万物的勇者。

作家刘墉曾说："人这一生，其实限制你发展的，往往不是智商和学历，而是你所处的生活圈。"当你读懂了书中鼹鼠的故事，就会明白，和观念不同的人做朋友，到底有多重要。

📚 只与观念相同的人交往，是束缚人生的枷锁

鼹鼠性格懒散，热爱自由。因与田鼠、巢鼠趣味相投，故而经常生活在一起。每年春天，他们都要修整洞穴，储备干粮，为冬天的到来做好准备。可尽管他们从初春忙到深秋，手头的工作却总是做不完。

原来，他们做事向来没有计划，也从不复盘。每天做事全凭心情，心情舒畅就埋头苦干，心情郁闷就随意翻动两下。哪怕在休息的时候，他们也从没想过提升自己，不是天天聚餐，就是在一起聊些八卦。因为在他们的观念里，今天做不完的事情，还可以推到明天。

河鼠看到他们行事如此散漫，好心提醒他们，可他们却不以为然："这么多年，我们都习惯了。"此后，他们不再搭理河鼠，也不与他来往。就这样，他们宁愿每天深陷忙碌，也不愿接纳别人的建议。

现实中的很多人又何尝不是如此？

朋友的表妹曾在教培行业教书，她生性活泼，交友广泛。每逢节假日，她不是与朋友一起聚餐，就是外出游玩。朋友建议她，趁年轻学门技能，考个会计证，以备不时之需。但她却置若罔闻，有时还理直气壮地回应："这不是瞎折腾吗，我身边的朋友都认为趁着年轻应该多出去看看。"

谁曾想，因为行业突衰，表妹失业在家。不得已，她只能转向其他行业，可面试了十几家公司，都被拒之门外。最主要的原因是，她之前的工作经验太单一，也没有其他拿得出手的技能。最终，她只能在偌大的人才市场，被别人挑来挑去。

很多时候，束缚我们的不是外界的种种，而是我们自身。这是因为，我们的认知大多是由所处的环境决定的。一味地与"同类"交往，大脑就容易形成固定思维，看待问题容易片面。只有学会拥抱不同，多与不同的人交流，才能打开人生新的通道。

越依赖单一的圈子，观念越固化

《柳林风声》中，鼹鼠因为常年枯燥的工作，被压得喘不过气来。为了远离这一成不变的生活，他冲出家门，奔向柳河岸边，并在那里结识了新的朋友：河鼠、蛤蟆和老獾。

由于他长时间待在一个环境中，自己的三观早已固化，在新环境中，很多事情都让他无所适从。穴居长大的他从没见过大河，河鼠邀请他去家里做客时，他感到惶恐不安。面对新朋友，他也不知该如何相处，不是好心帮了倒忙，就是让大家深陷困境。

看见河鼠划船如此娴熟，他也很想出一份力，于是他趁河鼠不备，一把夺过船桨。结果可想而知，毫无经验的他最终让船失去了平衡，两人双双掉入河中。

还有一次，河鼠提醒鼹鼠不要一个人进野树林，因为那里丛林密集容易迷失方向。他却固执地认为是河鼠故意吓他，趁着对方熟睡之际，偷偷溜进野树林。结果，河鼠为了去树林找他，被困在深山里，险些被冻死。鼹鼠不明白，自己以前就是如此行事，为什么来到这里后却处处藏着危机？

生活中，我们也常常陷入这样的固化思维：认为与自己思维、习惯都合拍的人，才能称之为良友；而与自己意见相左，处处质疑自己的人，只配称之为损友。可这个世界，从来不是非黑即白，就像同一件事，因视角不同，得到的结果也就不同。心理学上有个概念叫"重构认知"，指的是人要在固有认知的基础上，学会为自己打开看问题的新视角。只有勇于走出自己的舒适区，才能碾碎自缚的枷锁，迎来更广阔的成长空间。

📚 多与观念不同的人交往，你才能成长

在连连遭受打击后，鼹鼠变得一蹶不振。好在三位好友都看在眼里，他们决定轮番传授他新知。很快，鼹鼠增长了不少学识。逐渐清楚了哪些动物可以做朋友，哪些则需要远离；也逐渐明白了哪

些事需要及时处理，哪些则需要做计划。同时，他还掌握了游泳、划船、独自策划野餐等许多新技能。

此刻的鼹鼠精神面貌焕然一新，从原来的幼稚散漫变得成熟稳重，做起事来张弛有度、游刃有余。当他知道河鼠因梦想破灭而变得郁郁寡欢，选择在家躺平时，为了帮河鼠振作起来，他每天收集有趣的新闻读给他听，还尝试与他重温之前温馨的场景。看到河鼠心情渐佳后，他又趁热打铁，鼓励他做自己喜欢的事：写诗。渐渐地，在他的引导下，河鼠终于走出阴霾，重新找到生活的意义。

更难得的是，鼹鼠在反省与磨炼中，不仅变得越来越睿智，还练就了一身的胆识。当他得知蛤蟆的府邸被黄鼠狼霸占后，他连夜写了一份详细的攻打方案。连老獾都忍不住连连赞叹："鼹鼠，好样的，我觉得你现在越来越有见识了。"攻打庄园那天，他还不顾自身安危，主动请缨去打前锋。

面对黄鼠狼凶狠的武器，他也毫不畏惧，勇猛地冲在最前面。他一边挥舞着手中的棍棒，一边大声呐喊，吓得黄鼠狼们吱哇乱叫、四处逃窜。最终，鼹鼠通过不断提升自己，过上了理想的生活。

英皇集团创始人杨受成的传记《争气》里有句话是这么说的："不要总是局限在自己所见的角度里，要结交更多的人，并且有勇气接受自己的三观被对方捣毁，然后再重建，这才是一个人真正的成熟所在。"一个人真正的成长，并不在于结交多少"同类"，而是敢于结交多少"异类"。从他们身上，学习看问题的不同角度，了解不同人的需求。更重要的是，在与对方思维的碰撞中，发现自己的局限，从而改变自己。

鼹鼠从最开始的固执己见，一意孤行，到后来的拥抱不同，勇于改变。一路走来，他不断地走出舒适区，最终成长为一个沉稳睿智的人。这一切的蜕变，源自他勇于和观念不同的人交往，从而不断更新自己的认知模式。

比尔·盖茨曾说："有时决定你一生命运的，在于你结交了什么样的朋友。"真正有智慧的人，就是愿意突破所谓和谐的圈子，学会倾听世上不同的声音。只有这样，我们才能熔断成见，重新出发。

真正的朋友，能同乐，也能共勉。

第四章　处事篇

人生自立

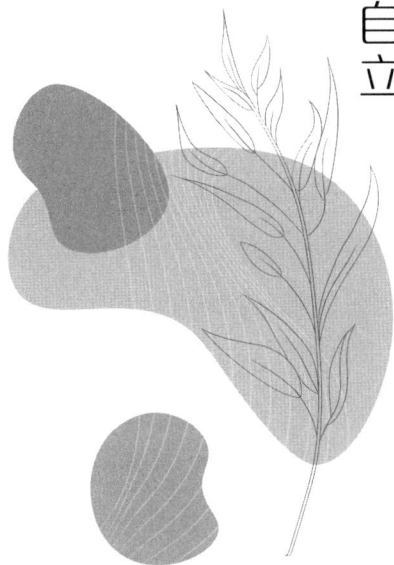

理想与现实不可兼得时应该如何选择？
——从《月亮与六便士》中找到内心的方向

相信所有年轻人都考虑过：我应该去大城市打拼，实现自己的梦想？还是接受现实，平平淡淡回老家安稳度日？人这一生，到底怎么过才是正确的、有意义的、了无遗憾的？英国著名作家毛姆在《月亮与六便士》一书中，写出了理想与现实的交相辉映，命运高潮和低潮的跌宕起伏。

　　理想与现实不可兼得时，我们该怎么选？一千个人就有一千种生活的方式，甚至每个人在不同时期，也会做出不同的选择。

　　经典小说《月亮与六便士》讲述了一位证券经纪人抛妻弃子去当画家，后半生穷困潦倒、备受唾弃，死后名声大震的故事。或许我们无法像书中的主人公一样为了梦想抛弃一切，但至少我们能从他的经历中明白：人生最好的状态便是以出世之心做入世之事。

📚 追求精神，活得出世

莎士比亚说："人为载体，生而有梦。"有希望在，任何时候都不缺从头再来的勇气。

伦敦 40 多岁的证券经纪人斯特里克兰德，有美丽的妻子和聪明的儿女，家庭富裕美满。有一天他突然离家出走，人们都认为他拿着钱和别的女人私奔了。但当朋友找到他时却发现，斯特里克兰德穿着邋遢，胡须杂乱，和原来光鲜的证券经纪人判若两人，也根本没有纸醉金迷的迹象。

斯特里克兰德转告来寻找他的朋友，说自己不会再回去，因为在他看来："我必须画画，我身不由己。一个人掉进水里，他游泳游得好不好没关系，反正他得挣扎，不然就得淹死。"

每个不甘平凡的人都是抱着最坏的打算，努力活成最好的样子。纵然知道自己将来或许泯然众生，却依旧拼命挣扎，努力过就不后悔。

虽然斯特里克兰德的绘画水平很一般，但他对绘画的热爱一点也不比大师少半分。中国古语有言："宇宙内事要力担当，又要善摆脱；不担当，则无经世之事业；不摆脱，则无出世之襟期。"意思是一个人若不思进取、没有担当，就无法建立稳固的事业；若无法摆脱各种牵绊，就不能保持超脱世俗的胸襟，更无法心无旁骛地去做真正想做的事。

摆脱一切后的斯特里克兰德不在意钱财、穿着、住所，也不在乎别人的看法。他到处流浪，四处借钱生活，经常食不果腹。到码头当劳工，生病没钱看医生，甚至去救助站讨饭，这些对他没有任何影响。

作画，对斯特里克兰德来说就是他内心最大的充实与快乐。虽然后来斯特里克兰德不幸患上绝症，双目失明，但在生命的尾声，他在居住的木屋墙壁上创作出了旷世奇作，灵魂也得到了安息。

这是现实与理想的割裂。他要求土著妻子爱塔在他死后将他毕生所有的画都烧毁，对完成后的作品毫无眷恋，因为最丰腴的愉悦感已经在创作中产生了。

精神的超越，不为物累。身处六便士中，仍然心向明月。理想是力量的泉源，冲锋斩棘的利剑。我们生活在一个物资充足的时代，但很多人还是觉得自己不快乐、不幸福。其实，人生幸福，蕴藏在个人所做的事情里。做喜欢的事、开心做事和不得不做，结果大不相同。也许，梦想不一定都能实现，但在追寻梦想的过程中，你成为了更好的自己。

追求物质，活得入世

张爱玲曾说过："生命是一袭华美的长袍，里面爬满了虱子。"你看到的体面背后，实则是别人用努力、坚持和无数黑夜的痛苦换来的。

斯特里克兰德离家出走时只给妻子艾米留下一封信。习惯养尊处优的艾米，在彻底失去丈夫这个倚靠后，清醒地认识到，以后的人生，只有靠自己拼搏。她还有两个孩子要抚养，她必须振作起来面对这一切。

艾米不允许自己变成怨妇被人笑话，更不想毁掉优雅的形象被别人同情，她迅速调整心情，从改变家里的布局开始，创造自己的世界。艾米学习速记打字，并开了一间小店，她的店精致、有特色、有品质。

朋友们都佩服她的坚强和冷静，主动去照顾她的生意，很快便有了第二间、第三间店。充盈忙碌的生活，早已让她走出被抛弃的悲痛。手有余粮，心才不慌。在这个世界上，金钱和物质是不可或缺的。

有句话叫："成年人的崩溃，是从缺钱开始的。"付不起医药费不能看病，不工作无法还房贷。缺一次钱，就足以让人坚不可摧的世界观崩塌一次，足以让人打碎一切重新看世界，离开物质，人类无法生存。

人这一生都会体验人生百态，尝尽人情冷暖。努力赚钱，不仅意味着可以拥有更好的物质生活，也意味着拥有更多的精神自由，比如在遇到不想做的事情时，不必囿于现实压力而妥协。但这一切都需要你自己去挣。

古人有云："仓廪实而知礼节，衣食足而知荣辱。"衣食富足了，才会在意荣辱。贫贱夫妻百事哀，鸡毛蒜皮总红腮。普通家庭的矛盾、压力大多来自经济匮乏，结婚、生娃、择校、孝顺父母……世人眼中的品质生活离不开物质的支撑。

纪伯伦的《沙与沫》里有句话："即使最崇高的精神，也无法躲避物质的需要。"合理地追求物质财富，是一种积极向上的精神状态。

📚 没有完美的选择，只有适合的人生

接受现实或是成全理想？生活总是鱼和熊掌不可兼得。无论是哪种选择，都取决于你如何看待生活的意义。

亦舒有句话深入人心："当我四十岁时，身体健康，略有积蓄，丈夫体贴，孩子听话，有一份真正喜欢的工作，这就是成功。"

《月亮与六便士》中还有一名叫亚伯拉罕的天才医生，出差时被一座小镇的民风和景色吸引。他放弃了锦衣玉食、万人敬仰的生活，在当地找了一份最基层的工作，娶了一名很丑陋的妻子。与此同时，有一个叫亚历克的人接替了这位杰出医生的工作，数年之后，亚历克迎娶了美丽的妻子，收入丰厚，还有爵士荣誉加身。

有人问亚伯拉罕："你有后悔过吗，哪怕一分钟？"

他回答说："从来没有，一分钟都没有。我的钱虽然刚够生活，但我很满足。我别无所求，希望一直这样生活下去，这样生活非常幸福。"

生活就是不断在取舍，知足的人不为功名利禄而奔波劳累，明白自得其乐的人，有所失也不感到忧惧。知足，并不是说放弃拼搏，安于现状，而是正确地审视自己的人生，明白自己想要的是什么。

　　人活一世，有的人追求物质富裕，有的人追求精神充盈，有的人追求兼济天下。站位不同，目标不同，境界就不同。物质决定精神，精神对物质具有能动的反作用。人生的意义，也许永远没有标准答案。

　　增长自己的知识、提升对世界的认知，才能更加清楚自己的人生所求。只要勇敢面对生活，都会找到自己的价值。村上春树说："不管全世界的人怎么说，我都认为自己的感受才是正确的，无论别人怎么看，我从来不打乱自己的节奏。"最幸福的人生，就是能够按照自己内心深处真正喜欢的方式度过一生，而不是去迎合大众，符合大多数人的价值观。

　　入世者聪，出世者慧，以出世的精神，过入世的生活。不随便去评判别人的生活方式，也不用活在别人的期待和评价标准里。生活无须比较，也经不住比较，跟昨天的自己相比，而不是跟别人的生活较劲。人世有千百种活法，每一种活法都是一种修行，不必拘泥于一种。正如张小娴所言："你不过是做自己喜欢做的事，过自己喜欢过的生活，若有人因为你喜欢做的事而觉得恶心和取笑你，那是他们的事。"

答案不止一种，过程更是无数。

如何处理工作里的坏情绪？
——从《干法》中获得不内耗的工作心态

这几年，"精神离职""摸鱼哲学"盛行于网络，工作的压力几乎成为所有打工人的痛。然而，面对房贷车贷、养娃、赡养老人……我们又不能不工作。有没有什么办法，能让我们的工作更愉悦轻松？"日本经营之圣"稻盛和夫的《干法》，就介绍了翻过工作内耗大山的办法。

说起"节后综合征"，已经工作的人想必不陌生，每当假期结束重返工作岗位，不少人迟迟无法进入工作状态，不但神情呆滞、眼神涣散，还反应迟钝、哈欠连天。更有甚者，盯着电脑屏幕，半天也想不起自己到底要干啥，每敲一次键盘，都仿佛是对灵魂的叩问：这个班真的非上不可吗？

对工作的厌倦情绪，不仅集中在假期结束，平常的工作亦有诸多压力。干不完的活，操不完的心，赚不到的钱，像三座大山一样压得人无法喘息。如果你也不想工作又不得不工作，不如读读《干法》这本书。

📚 改变工作心态：你要为你自己工作

虽然我们需要工作中的情绪价值，但对大多数人而言，工作的本质还是为了赚钱。很多人选择摆烂、划水的原因大部分也是因为赚不到多少钱。有人说，划水是为了让老板知道"便宜没好货"。

但反过来想想，划水的同时，我们也浪费了自己的时间。被誉为"日本经营之圣"的著名实业家稻盛和夫，年轻时在一家效益很差的陶瓷厂工作。因为经济萧条，陶瓷厂连薪水都发不出，和稻盛和夫同期入职的员工都相继离开了。稻盛和夫原本也想走，但遭到了家人的严厉反对。无奈之下，他只能坚持。但既然留下，就要把事情做好。

从那之后，他把锅碗瓢盆全部搬到车间里，每天吃住都和陶瓷在一起。他请公司帮忙订阅最新的陶瓷杂志，以了解行业的前沿动态，全身心投入相关课题的研发。他每天不是在做实验，就是在看杂志，废寝忘食，终于迎来了研发的成功。他的研发不仅帮公司赚到了钱，也让自己找到了值得奋斗终生的事业。

对普通的打工人而言，虽然每天的生活单调重复：睁眼、洗漱、通勤、工作、吃饭、再工作、回家……但当你明确了工作的目的是为了提升自己后，工作的意义就会随之变得清晰。写一个文案、对接一个客户、跟进一个项目、接触一个平台……都可以成为简历的加分项。

正如稻盛和夫所说，当你认真对待一份工作的时候，你的心性就会变得不一样。认真做事可以提升心智、升华人格，并且当你全身心投入时，你的灵魂会得到雕刻，内心会得到满足。

人生是为自己活的，工作也应当为自己工作。而找到自己愿意燃烧热情的事，培养可迁移的技能，就是为自己工作、为自己赚钱的方法。

📚 调整工作方法：清空你的工作篮

工作里，你一定见过这两种人：一种人，永远有干不完的活，整天手忙脚乱、焦头烂额，业绩却稀松平常；另一种人，即使事务繁多，也总能条理清晰，将工作安排得井井有条，而且总能取得不错的成绩。

知名管理学家、畅销书《高效能人士的七个习惯》的作者史蒂芬·柯维，提出过著名的"四象限"时间管理法：工作中，可以把事情分为四类，分别为重要且紧急，重要但不紧急，紧急但不重要，不紧急也不重要。

思考一下：你平时的工作中，哪类事情占的比重最大？收拾工位、情绪内耗、对接同事、打杂跑腿……如果总做不重要也不紧急的事，那很可能成为徘徊在工作边缘、毫无存在感的透明人；如果总做不重要而紧急的事，虽然看起来很忙，但只是一直在处理烂摊子。没有规划地被一些杂活儿、没有成长性的工作、截止日期推着走，只会徒然消耗精力。

最容易被忽视的，是重要但不紧急的事，比如职业规划、总结复盘等。这种事情虽然一时不急，但如果长期不管，慢慢都会变成重要且紧急的事。当很多重要且紧急的事堆在一起，人就会在短时间内压力倍增，总是担心出错，时刻焦虑紧张，最终陷入崩溃。

推荐大家试一试这个方法——清空工作篮。想象你面前有一个工作篮，你需要收集待处理的工作并放入其中。这些工作未必都要由你来完成，但你必须处理它们。可以先从比较着急的事开始，每次只处理一件事。否则，可能会导致很多事只做到一半就忘了，下次启动又得从头开始做。当工作篮中需要处理的事项逐渐减少，你的工作和生活都会变得越来越高效。

📚 停止你的工作内耗

除了工作忙、事情多，很多人不想工作，还因为一些感性的烦恼："怎么办，我觉得老板不喜欢我""领导总给我穿小鞋，烦死了""同事搞小团体，一起打击我、孤立我"……

然而，正如知名经纪人杨天真曾说的那样："你和老板是雇佣关系，又不是恋爱关系，雇佣关系的基础是互相需要，不是互相喜欢。你是来工作的，为什么要思考你的老板喜不喜欢你？"对老板来说，员工是帮他赚钱的人。如果没有这个价值，即使表面上他喜欢你，也终究会冷淡。所以，为老板一时的喜好和态度这类感性的事情而烦恼，是没有意义的。它只会影响你的心境，让你逐渐看不到实际存在的问题，转而将工作的不顺全部归结于外在因素，比如找不到工作，就抱怨就业环境太差，教育体制有问题；谈不下客户，就指责甲方要求太多，客户太难搞；攒不下钱买房，就责怪社会不公平，房价太离谱。

我们都会在生活中感受到各种各样的情绪，但大脑就像电脑的中央处理器，想的事越多，运行就越慢，压力也就越大。将所有的事情都放在大脑里，只会被"缓存数据"压垮，而唯一能解决感性烦恼的，就是做事。

同事看不惯你，就用业绩让他闭嘴；老板批评你，也大可选择性倾听。当你拥有了他人难以企及的实力，很多感性的烦恼都会迎刃而解。

樊登老师曾说："生活的真相就是换个地方行住坐卧而已，是我们自己的界定让工作变成不得不承受的痛苦。"工作带给我们压力和焦虑，但也提供了安身立命的资产。你眼中痛苦不堪的工作，可能是别人眼中羡慕不已的奢侈。工作本身就是人生的修行，希望我们都能用更轻松的心态面对工作，笑看人生。

思想的画笔鲜艳，人生的画布才绚烂。关关难过关关过，前路漫漫亦灿灿。

找不到工作或 gap 怎么办?
——从《找不到工作的一年》中获得灵魂的休憩之法

不少年轻人步入社会后,首先要面临的就是"就业难""竞争激烈"的问题。找工作的时候,踌躇满志,立志投递有名的大公司,然而,严峻的经济形势和激烈的人才竞争,让毕业生们迅速认识到自己在社会中的位置。一次次受挫后,身与心都不可避免地来到低谷。

因为工作难找而跌入人生谷底的故事,并非仅仅发生在毕业生身上,各个年龄段的人都会面临各种各样的工作困境,比如降薪、裁员、年前辞职结果现在还在待业……这时候,不如读读小说《找不到工作的一年:续横道世之介》。

无论是找工作受挫,还是人生的其他困境,面对低谷,每个人都应学会自我疗愈。把最坏的时期,当成最好的时期去生活。

在日本作家吉田修一的《找不到工作的一年:续横道世之介》

一书中，主人公横道世之介也在经历他的人生低谷。那一年，他24岁，大学毕业遭遇"就业冰河期"，因找不到工作，一整年都在靠玩小钢珠游戏和打零工度日。但他从未自暴自弃，反而凭着自己的善良和对生活的热爱，让这一年成为人生不同寻常的风景。

不如意，是人生常态

书的一开头，世之介起了个大早，成为钢珠店的第一批客人，挤在蜂拥而至的人群中。但他还是晚了一步，机器全被人占用了，他试图和一个女孩抢夺一台机器，却以失败告终。他郁闷地走出钢珠店，游荡、闲聊，挨到了下午才等到一台机器空下来，他也终于赢到了一点钱。这是24岁的世之介，这样的日子，几乎成了他的日常。

因为留级一年，没赶上泡沫经济破灭之前最后一个卖方市场，世之介总共被52家公司拒之门外。无奈之下，他去了一家只有5个人的食品公司打零工，外加玩玩小钢珠，以维持生计。

在食品公司，世之介尽职尽责，很讨社长喜欢。社长有意把他转为正式员工，而就在世之介考虑是否接受之时，变故发生了。他被同事诬陷偷店里的钱，由此又一次失去了工作，并再次陷入"找工作—被拒绝"的无限循环中。

这样的不如意，并不是只在世之介一个人身上发生。世之介的大学同学小诸，毕业后虽有幸进入一家证券公司，但月月业绩垫底，整个人萎靡不振。辞了工作后，他申请到一家自我激励培训机构当培训师，却因演讲不好而在大庭广众之下被骂得痛哭。

那个和世之介抢钢珠机器的女孩滨本，高中退学想去做寿司师傅，却因为是女性而被屡屡拒绝。最后剃了光头才得以进入一家店学习，但总被前辈打骂，只能含泪硬撑。

挫折接连不断，打击接二连三，但没有一次能让他们一蹶不振。他们和世之介一样，虽然没有一帆风顺的人生，但都有强大的心境，也都有重来的勇气。

人生在世，不如意是常态。我们不必苛求事事圆满，当生活遭遇低谷，如果暂时无法走出，不如坦然面对，做好眼前事。

在最糟糕的时期，也要热爱生活

书中有这样一段插曲。世之介打零工的同事栗原有一个哥哥，他对生活失去了兴趣，不去工作，整日把自己关在家中。栗原和世之介聊起这件事时，哥哥已经把自己关了整整一年。哥哥说，这一年中每一天他都不想拥有。

世之介大为震惊，他联想起自身现状，找工作屡次碰壁，打零工也被解雇，觉得自己就像栗原的哥哥一样，正在遭遇"厄运年"。但是细数起来，即便是如此黯淡的一年，也依然有很多闪闪发光的回忆。比如，虽然没工作，但小钢珠偶尔也会赢。再比如，生日时，小诸会把不再听的 CD 送给他。

如若有人让他当这看似不如意的一年完全没发生过，那他会断然拒绝。无论当下境遇多么狼狈和糟糕，世之介始终怀着一颗柔软之心，热爱生活，且认真生活。仅仅是一次正常的理发，他都会感慨：晴朗的午后，在东京的下町河堤旁理发是一件多么奢侈的事情。在被 52 家公司拒绝之后，怀着一种低沉的心情去第 53 家公司面试的路上，他仍能注意到铁轨沿线下的一片向日葵，正沐浴着阳光……他总能发现生活中的美好，而这些美好一次次将他拯救于水火，赋予他重新启程的力量。

法国哲学家加缪说："习惯于绝望的处境比绝望的处境本身还要糟，这才是真正的不幸。"生活中有太多的人，每当遭遇生活上的挫折，就自怨自艾，对一切事物失去兴致；每当遭遇工作上的压力，就颓废消沉，陷入对自己能力的质疑中；每当遭遇感情上的不顺，就心灰意冷，甚至不再相信爱情。越是陷入这种消极的心态，生活就变得越灰暗和沉寂。

人生就是一条绵延不尽的山脉，起起落落本是常态。身处低谷时，不妨放慢脚步，放平心态，去欣赏沿途的美景，感受那些被我们忽略掉的美好。

永葆对生活的热忱，谷底，亦有谷底的风景。

悦纳当下，一切都是最好的安排

在一次旅行中，世之介去了一个叫"死亡谷"的地方，在一片广阔的沙漠里。他本以为，死亡谷之所以叫"死亡谷"，是因为太热，常年维持 40 度以上的高温。他沿着沙漠跑了三个小时，景观却依然没有任何变化，遥远的地平线始终是那么远，连沙丘都没有丝毫要靠近过来的迹象，唯一在动的就是车道两旁干枯的仙人掌。他才突然顿悟，这里并不是因为热得要死才叫死亡谷，而是因为没有变化才叫死亡谷。

恰如人生一般，如若日子始终一成不变，那生活就如一潭死水，了无生趣。生命本就是流动的，正因为有不同的体验与经历，才成就了它的魅力。每个当下，都有其存在的价值。

在被食品公司辞退以后，世之介凭借着大学考的证书，进了一家公司的会计部。但他并没有会计相关技能，上班第一天就露馅被开除了。百无聊赖之际，他去了区民游泳池，在那里，遇到了有过一面之缘的樱子，由此开始了一段恋情。他也因此走进了樱子一家人的生活，在异地他乡感受到别样的温暖。

小诸失业后，想要进行一场为期两周的国外旅行，邀请世之介作陪，并承担费用。世之介欣然答应，然而踏上旅途之后，两人很快出现矛盾，到纽约后，两人分道扬镳。世之介身上仅剩的一点钱还被一个陌生女孩骗去了，当晚，他在一个麦当劳店里过了一夜。

天亮时，本来穷途末路的他迎来了曙光，有一对日本夫妇找他搭话。在接下来的五天里，这对夫妇让世之介住着高级公寓，每天带着他四处逛，世之介第一次享受了纽约生活。旅行归来后，因为打零工的商店倒闭，世之介再次失业，他接受了樱子父亲的邀请，为樱子家做事，虽然平凡，但也幸福。

每当他陷入谷底，似乎总有转机出现，前一刻的事与愿违，或许就是下一秒惊喜的伏笔。水到绝境是飞瀑，人到绝处是逢生，无论得失，悦纳当下。

所有的低迷期，都渗透着一丝希望的曙光。要相信，当下所发生的一切，都是最好的安排。书中有这样一段话："人生这种东西，绝非全都是花好月圆，有好的时期，也有坏的时期；有最棒的一年，当然也有最坏的一年。"对世之介来说，这找不到工作的一年，就是他最坏的一年。然而他始终乐观以对，热爱生活，生活里的风雨扑面而来，但他心里始终有一个暖阳。好有好的活法，不好也有不好的活法，正因为不好，他才得以遇见那些令他温暖的人和事。

命运的每一个时区，都有它存在的道理。正如作者在总结世之介这一年时所说："人生不如意，万岁！人生衰到底，万万岁！"低谷亦有别致的风景，即使被命运残酷对待，依然要选择温柔地对待这个世界。有时候，也许仅仅因为怀着一颗柔软而热忱的心，就能创造奇迹。

人生总有不顺利或疲倦的时候，就把它当成是神赐给我们的、很长很长的假期。

不必勉强冲刺，不必紧张，不必努力加油，一切顺其自然。

工作很痛苦，我该不该辞职？

——从《世界尽头的咖啡馆》中看清内心的答案

大学毕业后的迷茫，35岁即将进入中年危机的迷茫，成为父母之后家庭和事业之间失衡的迷茫，退休之后无所适从的迷茫……每个人的一生总会经历几段迷茫期。如果你正在经历，欢迎来《世界尽头的咖啡馆》看看。这里不卖答案，有心人却总能找到它。

草绿花香的季节总是那么温柔，冰雪消融，春光渐暖，就像一个人经历迷途后，终于发现前方光亮的出口。

每当这时，便不由想起《世界尽头的咖啡馆》中那些温暖治愈的文字。它像一位人生挚友与你聊天，引导你思考，让你重新认识自己，并发现生命的意义。

作者约翰·史崔勒基和书里的主人公约翰一样，一度非常迷茫。他在企业工作多年，拿着体面的高薪，却在32岁那年突然选择离职。之后，他和妻子一起，背起背包，踏上了环球之旅。他们花了 9 个月时间，走过 7 万英里路。归来后，他把自己的经历和感悟写成《世界尽头的咖啡馆》，本是自费出版，没想到居然成了畅销书。

一个人，要怎样走出迷途，寻回希望，活出明亮饱满的一生呢？在这本书里，相信我们都能找到答案。

困住你的，往往不是你内心真正想要的

主人公约翰有着体面的工作、知心的朋友，生活本该安稳惬意，可他却越来越感到迷茫困惑，有时会莫名很沮丧。他心里常想：我的人生就该如此，没有其他选择了吗？人活着是否还有更多的可能性？

一路走来，约翰像我们大多数人一样，为了满足他人和社会的期待努力地活着：读书时，为考大学而努力；上了大学，为找工作而努力；再之后，去公司工作，又把时间花在努力升职上。他觉得自己总是被动向前行进。在无数个用忙碌换取金钱的日子里，他体会不到生活的乐趣，甚至逐渐迷失了自我。

书中的安妮，也有这种困惑。她从事着广告行业，终日忙于工作，很少有自己的闲暇时间，更不用说去做自己喜欢的事。本以为丰厚的物质奖励能给自己带来幸福和满足，最后却发现虽然赚到了一些钱，但精神越发空虚迷茫，丝毫感受不到幸福。

古希腊哲学家科蒂塔曾说："一个人生活中的快乐，应该来自尽可能减少对于外来事物的依赖。"可现实中的我们，却总是习惯性地被物质欲望裹挟着，不断追逐着外在的获取，向往活成人群中最闪耀的那一个。铺天盖地的资讯和广告，也在无形中控制了我们的思维，占据了我们过多的时间。于是，每天忙碌地追逐看似圆满的生活，似乎成了每个成年人的必修课。走着走着，就会发觉自己过得并不开心，因为你从未直面内心的感受，问问自己真正想要的、想去做的，到底是什么。

一些人看似在支配物质，住更大的房子，买更好的车，赚取更多的财富，实则被物质支配，没有自由的空间。还有一些人，活在他人的期待和眼光里，不停地证明自己却不自知。

过分看重外在所得和他人的看法，而忽略内在需求，就仿佛把自己禁锢在一个牢笼里，时间久了，心一定会累。因为，那并不是你真正想要的。

📚 滤除杂质，才能丢掉内心的负累

约翰在又一次感到无助迷茫时，选择逃离手头的工作，开车远行。由于迷路，他意外遇见一家"神奇的咖啡馆"，在与那里的人聊过天后，约翰开始思考自己的人生。

服务员凯茜给约翰讲了一个让她觉悟的"绿海龟"的故事。

一次，凯茜在夏威夷海滩浮潜，看见不远处有一只绿色大海龟正在往远离海岸的方向游。她本以为自己能轻松追上海龟，因为它看起来游得很慢，却没想到无论怎么努力，都追不上它。第二天再次尝试，却还是如此。她通过观察才发现：原来海龟遵循着海水的运动规律，当海浪与它行进方向相反，它会浮在原地；而当海浪涌向海洋方向，海龟会加速划水。而凯茜正相反，她不顾海水方向，始终都在奋力划，结果越用力，越疲惫，直至最后无力支撑。

她忍不住感慨：其实我们的生活何尝不是如此？你在反向浪上浪费的时间和精力越多，留给正向浪的就越少。

听完凯茜的故事，约翰开始计算自己平时耗费的时间。他吃惊地发现，从大学毕业起，以 75 岁的寿命为前提，每天花 20 分钟打开和浏览那些不感兴趣的邮件，累计起来就几乎占据他生命中的一年时间。实际情况是，很多人每天花在不必要事情上的时间会更多，比如追剧、刷手机、看短视频、参加各种促销活动、看垃圾邮件等。它们就像反向海浪，会消耗你大量注意力、精力和时间。

很多时候，我们之所以觉得很累，就是把过多精力消耗在外在层面，却忘了多花点心思去丰富精神世界，找到自己真正热爱的事。所以说，一个人滤掉生活杂质的过程，也是丢掉负累的过程。

你可以选择停下来，每天挤出一点时间，听听音乐、读一本书、散散步；也可以找一个空闲的片刻，梳理一下杂乱的思绪，倾听一下内心的声音。或许，它们会告诉你，生命本真的答案。

📚 解锁生命的意义，从当下开始

很喜欢书中的一句话："生活本来很精彩，只不过有人没发现自己是作者，没发现他们可以按自己的想法创作。"很多人一辈子都在追问人生的意义，但其实，每个人的答案都不一样，自己的人生只能靠自己书写。

咖啡馆里的厨师迈克，也曾为自己一成不变的忙碌生活焦虑过。那时，他白天有全职工作，晚上要去上研究生课，其他时候还要进行体育锻炼。他几乎把生活中每个时段都安排得满满的，这让他疲惫不堪。后来，他选择了辞职去旅行。

有一天，他坐在漂流木上，吃着新鲜的芒果，看着美丽的日落，忽然所有的焦虑都远离了。面对不可思议的美丽景色，迈克回顾起自己过去的忙碌，突然觉得生命在宏大的宇宙中显得很渺小。他开始追问自己："我为什么来这里？如果我以为重要的东西其实并不重要，那什么才是最重要的？"

这也是大多数人的生活写照，为了达到别人眼里的成功而奋力拼搏，却忘记了自己为什么出发。你的生活是否圆满，由你自己说了算，和别人告诉你它圆不圆满无关。

一个人真正的成熟，是拥有选择适合自己生活的能力和勇气。旅行回来后，迈克选择来到这家咖啡馆工作。他把自己的故事讲给每一个迷茫的人，帮助别人的同时，自己也收获喜悦。每一个走出咖啡馆的人都得到了放松和疗愈。

约翰和安妮回去后，也不再彷徨，开始重新安排自己的生活。

在忙碌之余，他们会抽出一段时间，专注于自己喜欢做的事。

的确，我们总是烦恼人生的意义、工作的价值、未来的发展、别人的生活……但事实上，这些烦恼大多是无用的。与其想东想西，不如着眼当下，见想见的人，去做想做的事。

每个人都是自己生命的主角，而不是别人生命中的看客。当乌云散去，自有漫天繁星，而你要做的，不过两件事：做自己，要开心。

村上春树说过："在自己喜欢的时间里，按照自己喜欢的方式，去做自己喜欢做的事，对我而言，这便是自由人的定义。"人生从来都不完美，各有各的烦恼，各有各的难处，只有过好当下才是最重要的。

春天有花开的芬芳，夏天有绿树的清凉，秋天有果实累累，冬天有白雪皑皑。当下就是人生最好的时候，何不让这些美好的事在当下发生呢？

如果赶不上日出，又错过日落余晖，请记得还有满天星辰，还有第二天。

如何提升你的做事格局？

——从《致加西亚的信》中寻获截然不同的人生

你是否觉得"上班如上坟"，但迫于生计，不得不硬着头皮去工作？

你是否频繁跳槽，却始终找不到称心如意的工作？

你是否想踏踏实实地工作，又怕付出没有回报？

如果你总是这样计较工作，反反复复纠结工作的意义和价值，那么《致加西亚的信》绝对是你可以当作信仰的明灯。

美国作家阿尔伯特·哈伯德的小说《致加西亚的信》，讲述了美西战争中一位叫罗文的年轻人冒着生命危险，为起义军首领加西亚送信的故事。

一百多年来，这本书在全世界广为流传，成为世界最畅销图书第 6 名。罗文冒着战火硝烟，依然忠于职守、勇于行动的精神，慰藉了一代又一代职场人。

📚 格局越低，工作越被动

1898 年，美西战争爆发。美国需要尽快同反抗西班牙的古巴起义军首领加西亚取得联系，因为双方合作才是作战成功的关键。可是，无人知晓加西亚的确切藏身之处，因为他正带领起义军在古巴丛林里打游击。

找到一个靠谱的送信人，是美国总统麦金莱面临的一个棘手问题。

最初选了两名军官，但他们不知道去哪里找人，也不知道怎么去找人，无从下手，最终半途而废。事情迫在眉睫，美国军事情报局局长阿瑟·瓦格纳上校毫不犹豫地推荐了一个年轻的中尉——罗文。

一个小时后，信摆在了罗文面前。他没有问"他长什么样？他在哪里？我怎么才能找到他？"这些问题，他只是默默地接过任务，立即踏上了送信之路，自己尽力去解决问题。

在职场中接到任务，你是像两名官员一样无所适从，还是像罗文一样立即行动？书中有一个假设实验：如果你给一名职员交代任务——帮忙查百科全书，做一篇某某生平的摘录，他会立即行动吗？不，他可能会满怀狐疑地提出一系列问题：他是谁？他去世了吗？哪套百科全书？百科全书在哪儿？为什么不叫某某去做呢？你为什么要查他？……他会打破砂锅问到底，问完之后，最后可能还得你自己动手解决。这就是一些职场人的真实写照，接到任务，他们的反应更像那两名军官，而不是像罗文。

你不告诉我具体怎么做，我就不会做；你告诉了我该怎么做，我也不一定会做。在一些人看来，工作只是一个谋生的工具，工作的目的不是追名，就是逐利，他们向往的理想工作就是"钱多事少离家近，位高权重责任轻"。

还有一些人，害怕努力却没有回报。倘若辛辛苦苦一辈子，却竹篮打水一场空，那还不如轻松自在乐逍遥。因此，许多人看重眼前利益，生怕自己吃亏，工作中便得过且过。

但是工作这件事，在我们一生中又占据着重要的地位，需要我们付出大量的时间。某种程度上，你的工作态度，决定了你的人生高度。格局越低，越把工作当作一种负担，只满足于被动工作，不会主动提高。

📚　层次越高，工作越自律

罗文接到任务后，意识到任务的重大与艰巨。但服从是军人的天职，他责无旁贷，即使牺牲生命也在所不惜。他迅速规划了行动路线，没带任何护卫，没带多余的东西，孤身一人踏上了征程。

一路上，他沉默寡言，小心谨慎，逃过了各种检查，逃过了敌军的追击，逃过了奸细的偷袭，沉着应对各种突发情况。一路马不停蹄，三个星期后，他成功地将信交给了加西亚。然后，又一路惊险地把古巴形势的最新情报安全带回了美国。

在他看来，自己只不过是完成了一个军人应该完成的任务，即

"只要服从命令,不要考虑为什么"。时间紧迫,责任重大,目标未知,硝烟弥漫,送信不亚于送命,完成的希望渺茫。可是罗文却顺利完成了,因为他把这个任务当成自己不可推卸的使命。

我们对工作的重视程度,影响着最终的完成度。抱着志在必得的信念,坚信"办法总比困难多",奉行一丝不苟的态度,完成的效果就更好。反之,如果犹豫不决,遇到困难便轻易打退堂鼓,那么事情就永远无法完成。

书中有一个案例。韦纳·冯·布劳恩是美国国家航空航天局的空间研究开发项目的主设计师。在"阿波罗4号计划"中,将由萨顿恩5号火箭来推动宇宙飞船。萨顿恩5号火箭由560万个部分组成,这就意味着哪怕准确性达到99%,依然隐藏着5600个缺点。但是"阿波罗4号计划"在一次示范飞行后,只发现了2个反常情况。

这并不容易达到。以我们常见的汽车为例,一辆汽车由13000个部分组成,相比数量庞大的飞机部件,可以说是小巫见大巫,但是众所周知,汽车的故障率却远高于火箭,其背后的主要原因就是火箭的相关标准远远高于汽车工业。也就是说,你如果想高质量地完成工作,首先得高标准地要求自己。如果你把工作当成主动追求的事业,就会竭尽全力地做好每一件事。

接触一项新工作,难免困难重重,被动工作的人往往一筹莫展,踟蹰不前。而热爱工作的人会迎难而上,努力钻研。看过一句话:"一项工作从开始到结束,可能要几个月时间。但接手这项工作第一秒内的反应,往往就决定了这个人所能达到的高度。"

层次越高的人,工作越自律,能力越增长,完成得越容易。

📚 工作态度，决定人生高度

送信路上，罗文时刻警惕着身边的陌生人。在古巴境内，他注意到一些穿着奇怪的人。向导不以为然地说他们是西班牙逃兵，因为不堪忍受虐待或饥饿而逃走，这在当地是司空见惯的现象。

但是罗文心存怀疑，担心其中藏有奸细，要求向导仔细审问，并留心动向。果然，其中两人是间谍。那天晚上他们想逃出营地去给西班牙人通风报信，没有成功，又在半夜刺杀罗文，被早有防备的哨兵开枪打死。

小心驶得万年船，罗文因此逃过一劫。凯旋的罗文，被任命为骑兵团上校副官，得到总统的嘉奖，并成了美国人民的英雄，永载史册。

而在他之前，相似的情境，却有前辈由于掉以轻心而被捕，酿成了悲剧，甚至这位前辈身上携带的机密情报也被敌人破译，给国家带来无法弥补的损失。

不同的工作态度，导致他们截然不同的人生结局。工作态度，不仅影响着工作结果，还影响着整个人生。同样是工作多年，有人碌碌无为，一事无成，人到中年，惶恐失业危机，战战兢兢，四面楚歌；而有人蒸蒸日上，升职加薪，事业飞黄腾达，人生风光无限。拉开人生差距的一个重要因素，就是工作态度。

人无远虑，必有近忧。工作缺乏长远规划，做一天和尚撞一天钟，时间一长，当你失去了应有的价值后，就面临着被人取代的风险。而长年累月的兢兢业业，精益求精，不断突破自我，人生之路就会越走越宽。

把工作当负担，人生也会变得负重累累；把工作当投资，则为自己攒下了雄厚的人生资本。你偷过的懒，都会变成你前进的拦路虎；你流下的汗，也会变成你成功的垫脚石。

稻盛和夫曾说："只要热爱工作，只要抱着纯粹的动机、强烈的愿望，付出不亚于任何人的努力，就能感动上帝，获得天助。"你和工作会相互成就，你让工作尽善尽美，工作让你价值绽放。工作的意义，不仅是谋生糊口，更是价值体现。

如今，就业形势严峻，许多人抱怨找不到合适的工作。与此同时，许多老板又诉苦找不到称职的员工，他们渴望找到像罗文一样的"送信人"。

那么，你会是一个合格的"送信人"吗？

当你把工作视为人生负累，沉重的步伐会让你寸步难行；你把工作视为自我投资，成长的双翼会让你展翅飞翔。美国石油大王洛克菲勒曾说："如果你视工作为一种乐趣，人生就是天堂；如果你视工作为一种义务，人生就是地狱。"

愿你做一个合格的"送信人"，享受工作的乐趣，抵达人生的天堂。

心里的火永远不要灭，哪怕别人只能看到烟。

如何面对复杂的职场环境？

——从《精进：解读曾国藩成事密码》中学习成事法则

初入职场，工作环境复杂，我该怎么办？

行走职场，如何面对职场"潜规则"？

身心俱疲，作为职场新人，如何与焦虑和解？

每个人在踏入职场时总会面临一段"尴尬期"，想要通关，或许你可以在曾国藩身上找到通关密码。

作家熊太行曾说，每个职场上的王者，身体里面都应该有三个灵魂：一个文臣，谨小慎微，考虑风险；一个武将，积极努力，谋求胜利；一个商人，精打细算，心中有数。

从这三个方面看，曾国藩算得上"一代宗师"。在《精进：解读曾国藩成事密码》一书中，作者胡森林用曾国藩的 30 篇奏折，为我们生动再现了曾国藩是如何从一个职场菜鸟，修炼到左右逢源、积极进取、进退有度的境界的。

每个正在为工作烦恼的人，或许都能从中得到启发。

意见要见效，分寸很重要

"臣窃观皇上生安之美德，约有三端。而三者之近似，亦各有其流弊，不可不预防其渐，请为我皇上陈之。"

谁能想到，年过40的曾国藩，还是一只职场菜鸟。虽然青年入仕，但真正的职场暴击，还要从1851年的这份奏折说起。

那年，41岁的曾国藩向刚继位的咸丰皇帝递交了一份措辞犀利的奏折。批评他小事精明、大事糊涂，务虚多于务实，嘴上说着虚心纳谏，行动却未见半分。

咸丰皇帝看后血压飙升，"怒掷其折于地"。虽然没砍曾国藩的脑袋，但成见已深。后来曾国藩在基层办团练，有成绩的时候，咸丰皇帝尚能"你好我好"；一旦受挫，那是丝毫不留情面，太平天国稍一消停，就顺势把他撵回了家。

曾国藩憋屈啊，自己一心为君，怎么就落个"万人嫌"的下场？这里作者总结道："闻过则喜"为难人，把握好分寸是正道。

网络上有个浏览量超百万的话题：领导如何看待不卑不亢的下属？有一个高赞回答，大意是：不卑不亢没有错，但要"事事有回应"。自己在做下属时，不仅工作上能为领导分担，生活中领导需要帮忙的时候，她也能妥善处理。后来她做领导时，也会选择这样的下属。

虽然不需要下属提供"彩虹屁"一类的情绪价值，但领导毕竟代表公司雇用了你的时间和能力，"做好服务"这个分寸还是要有。

再次出山的曾国藩，彻底转变了与领导的相处方式，也给我们带来了三点启示：

第一，不做"犬系员工"，不在讨好领导个人上投入太多精力。对的赶紧执行，错的打个太极，先顺着说，再按自己的思路分析，最大限度地实现自己的主张。

第二，不做"信息黑洞"，也不制造"信息冗余"。工作问题勤汇报，把领导关心的问题讲清楚，并提出解决方案，其他废话少讲，保持良好沟通。

第三，不在关键时刻掉链子。在涉及组织安全、利益荣辱的重大时刻，能全力以赴帮领导渡过难关。互相信任是向上管理的最高境界，但信任，永远建立在分寸之上。

📚 合作要有效，同盟很重要

"至楚军围攻安庆，已逾两年，其谋始于胡林翼一人，画图决策，商之官文与臣，并遍告各统领。前后布置规模，谋剿援贼，皆胡林翼所定。"

咸丰十一年，曾国藩的弟弟曾国荃的吉字营一举拿下安庆。在这个重要的节点，曾国藩递交了一份工作总结——《克复安庆省城片》。

报告中提到了湘军团队的和衷共济，重点提了盟友胡林翼的贡献。

此时的曾国藩，已是人际关系的高手。特别是对于盟友，他主动让利，尽显诚意。职场中除了上下级关系，还有三种重要的关系：同盟关系、对手关系、中立关系。

同盟关系：目标相同，能力互补，讲究的是利益公平、承诺兑现。

对手关系：目标竞争，实力相近，可能有冲突，但不要发展为敌人。毕竟竞争过后，还有可能合作。

中立关系：没有直接的竞争与冲突，但人数众多。维护这类关系可以通过适当刷存在感的方式，但不要刻意讨好，不要在他们身上耗费太多精力。

在职场中，我们经常会听到两种声音。一种是唯实力论："我在职场上一直都是拼实力的。"前期的曾国藩就是这样，不注意维护同僚之间的关系，结果处处有人使绊子，搞得他焦头烂额。

还有一种唯关系论："关系是第一生产力，靠关系才能赢。"从网络上看到过这样一个故事：一位新入职的女孩，外形和专业知识都比较出众。可工作一段时间后，部门对她的评价并不高。领导公开让她"多把心思放在工作上"，同事则暗讽她是"心机 girl"。

原来女孩一入职，就打听领导和骨干同事的喜好，帮同事带早餐，帮领导端茶倒水，到处刷存在感。前面说到，对于中立关系的同事，正确的态度是多释放善意，帮一些小忙，但不能投入太多的精力。把过多的精力投入到这种关系里，不仅费力不讨好，还会让人质疑自己的专业能力，得不偿失。

个人能力要勤加修炼，职场关系也要正确处理，两手都要硬，才是真高手。

📚 做事要成效，定位很重要

"大局所系，必应统筹，臣本未敢稍涉推诿，不必有节制浙省之名，而后尽心于浙事也。"

与十年前曾国藩那篇牢骚满腹，要权不成反被打脸的奏折相比，这篇咸丰十一年的《恳辞节制浙省各官及军务等情折》，主旨与措辞就大为不同了。作者概括为："前者要权，后者拒权；前者慕虚名，后者求实效；前者言辞尖锐，后者语言质朴。"

此时正是咸丰皇帝新丧，两宫太后开始掌权。曾国藩在报告中诚恳地表示：领导的信任让他感动，但用兵的关键重在人事关系和谐而不在崇尚权势。所以职位就不要了，但他一定会与同僚下属同心协力，共济艰难。

这一举动，让新领导对他的印象非常好。即使没有接受朝廷的扩权，曾国藩还是赢得了支持。他知道自己在哪个位置干，如何干，是最有成效的。

曾经看到过一个提问：40 岁，职场遭遇天花板，想换方向又顾虑上有老下有小，怎么办？有个回答是：很多中年人在职场会有被卡住的感觉，是因为只朝一个方向看。在职业生涯的中期，我们有四个方向可以看：

一是向上看，看企业里更高的职位或级别。

二是左右看，看其他职业或行业。

三是向内看，在专业领域获得更高的水平。

四是向外看，跨领域，在职业外获得平衡，爱好变成事业。

一提起职业发展就只会"向上看"，肯定会有被卡住的感觉。如果能朝其他三个方向看看，实现精准迁移，路就能越走越宽。

与其做那些看上去风光、实则不擅长的事，不如放平心态，把自己擅长的事做到极致。机会的本质是被需要，能找准自己的生态位，适应身边的小环境，就一定会有更多的机会。

作者说曾国藩的职场沉浮，可以概括为四个字：在事上磨。磨人情练达，磨知识积累，磨处事能力，磨心性斗志。现在，"00后整顿职场"的说法很流行，但正如网友所言，看起来整顿职场的人，应该还不属于真正的职场。当生活的压力与责任重重来袭，我们无法潇洒转身时，曾国藩的"磨"字就有了意义。

职场关系难处理，或是遇到瓶颈期，我们都可以学学曾国藩。对中立者释放善意，对同盟者给予诚意，不用"向上看"限制自己，而是30年持续精进。当自身的能力达到一定程度，前方的豁然开朗，不过是水到渠成。

换个角度看问题，把打一份工看成打怪升级。

如何平衡工作与生活？
——从《要钱还是要生活》中找到人生的天平

要钱还是要生活？这应该是每个人都问过自己的问题。

面对延迟退休和内卷环境，不少人想回归乡野，却又担心财力不足。是该坚持，还是该过闲逸生活？

如果你正处于这样的迷茫之中，希望《要钱还是要生活》这本书能给你一点启发。

有位女生因为自制了一份"4500天退休倒计时日历"，在网上引起热议。年仅24岁的她，就定下"提前退休"的目标，希望自己攒够了一定数额的钱后，就不上班了。

其实，有这种想法的人，不止她一个。"996"模式的工作压力，养老生子的经济困境，让越来越多的年轻人渴望提前退休，过不上班也有钱的生活。

钱和生活，真如鱼和熊掌般不可兼得吗？作家维姬·罗宾却说：

"没有财务自由，也能提前退休。"她把答案写在了《要钱还是要生活》这本书里。

这是一本出版于 1992 年，却至今备受世界读者喜爱的经典之作。这本书不仅带火了 FIRE（Financial Independence Retire Early，意指经济独立、提前退休）运动，还帮助无数人理清工作、财务与生活的关系，摆脱职场和金钱的奴役。读完这本书你就会发现：原来，拥有松弛的生活，并没有那么困难。

📚 你的收入，远比你想象的低

一位坐标北京的网友曾吐槽他月收入税前两万，每天工作 8 小时，一个月 22 天，时薪 113 元，还不如一些小时工、兼职挣得多。表面看好像很有道理，但再进一步考究就会发现，用收入除以工作时间这种薪资算法，只是理想的衡量方式。因为，我们为这份工资所付出的成本远远不止于此。

你的生活是否有类似情景：为了工作，买得体的服装，化精致的妆容，坐 2 小时的地铁，吃便宜的外卖；常因工作压力，熬夜掉发，精神不佳；久坐电脑前视力下降，肩颈不适；到了周末节假日，还会通过大餐、旅游来犒劳自己。这些都是被忽视的隐形支出。

为了工作，我们付出了通勤、置装、餐饮等硬性费用，也承担了过劳和内耗、减压娱乐等软性支出。这些隐形支出，恰恰才是一份工作所该考量的指标。

我曾问过朋友：为何会换了一份工资骤降、晋升空间也小的职业？他说原来的工作三天两头加班，导致他三餐吃饭不对点，还不到三十岁，身体就垮了一大半。如今，表面看工资低了，但生活幸福感却变强了。每天不仅能好好吃饭，还有时间去运动锻炼，渐渐调理好了身体。周末也能培养个爱好，生活多姿多彩，整个人都快乐了不少。

要记住，工作是为了谋生，而不是求死。俞敏洪曾说："一个人一辈子最重要的是不能把一份工作只看作一份简单的工作，因为你要把一半生命、一半人生的时间花在工作上。"真正聪明的人，会综合考虑一份工作的含金量，巧妙处理好职场与生活的关系。所以，想要快乐的生活，就请先好好审视你的工作。

你的支出，远比你想象的贵

31 岁就财富自由的美国作家乔·多明格斯，曾在举办讲习会时，向数以千计的人抛出问题："钱是什么？"

答案众说纷纭，有人说钱是一种交换媒介、储存手段，有人说钱象征着地位、代表着影响力。可乔·多明格斯却认为，金钱是我们出卖自己的时间，用生命能量去换取的东西。

我们常常以为自己的时间不值钱，所以愿意用它去交换金钱，却忽略了时间的实质，它代表着我们宝贵且有限的生命。当你的时薪是 100 元时，买一张 50 元的电影票，就用掉你半小时的劳动时间；吃一顿300元的晚餐，则要工作3个小时才能赚回；住一晚800元的酒店，意味着你要"搬砖"整整一天了！

《要钱还是要生活》里说："弄明白金钱就是生命能量，会让你成为金钱的掌控者。"当你认真地衡量起生命能量时，才会看清物品的真正价值。当你理解了物品与时间的交换本质，就会改变消费观，更谨慎地使用每一分钱了。

一位网友曾说："其实人要活着是很简单的，有吃有喝有睡觉的地方就行了。真正花钱的是人为了对抗虚无做的事，比如化妆、旅游、奢侈品、赌博、烟酒……"想明白这点后，她摒弃掉不利于健康和被消费主义迷惑而喜欢的事情，也不执着于购买只有拥有那刻才会快乐的物品，会尽量不外食、不买小东西，逛街也只是单纯地逛街。

老话说得好："吃不穷，用不穷，不会盘算一世穷。"看看你周围的物品，到底有多少是真正值得你购买的？又有多少让你后悔付出的高昂时间成本？然后从现在开始，试着重视你的生命，认真对待辛苦赚到的每一分钱。

📚 重塑认知，不做金钱的奴隶

作家松浦弥太郎说过："没有比思想定型更危险的事了。"人活一辈子，都要跟金钱打交道。如果没有妥善处理好与金钱的关系，势必会影响到正常的生活。那么该如何修正自己的金钱观呢？《要钱还是要生活》这本书里，就给我们提供了完整的解决步骤。

第一步：坦然接受过去

无论你当下的经济状况如何，都请坦然接受现实。认真去核实你迄今为止的人生总收入，列出你拥有的和欠下的一切，做到对自己的经济情况了如指掌。

第二步：活在当下

算算你真正的时薪是多少，重新考虑现在的工作给你带来的价值与损害。同时，使用记账本来追踪记录进进出出的每一分钱，从而更好地了解自己的收入明细与支出偏好。

第三步：制作月度表

根据第二步里算出的实际时薪和记账本的支出情况，计算你一个月所花费的"生命能量"有多少，具体花在哪里，然后制作成一份月度表。这么做，会让你对金钱的花费，有更直观的视觉感受和更强烈的心理冲击。

第四步：思考能改变你一生的三个问题

我获得的充实感、满足感和价值与花掉的生命能量相称吗？这种生命能量花销与我的价值观念及人生目标一致吗？假如我不必为了挣钱而工作，这项花销会有什么变化？常问自己这三个问题，进行深度思考和消费模式的调整，能让我们的金钱观与人生观更趋于一致。

第五步：让生命能量清晰可见

制作一张很大的挂图。把月度表上的每月总收入和每月总支出数据绘制上去，然后把它挂在你每天都能看到的地方，提醒自己专注于改变。

第六步：珍惜你的生命能量，尽量减少支出

明智地使用金钱，从记账本上发现并减少那些不必要的支出。要知道，人生中有很多幸福，不是非要依靠花钱才能得到的。

第七步：珍惜你的生命能量，尽量增加收入

想让你的钱袋子鼓起来，"开源"与"节流"缺一不可。因此，我们要重视自己的工作，不断更新专业技能，精进各项本领，利用一切资源，想方设法地去提高收入。

第八步：资本与交叉跨越点

等你的资产由负转正后，就可以考虑通过投资来进一步增加收入了。此时，在挂图上单独画出一条月度投资收入线，这意味着我们要开辟一条新的增收线路了。

第九步：通过投资来维护财务自由

认识和掌握投资的技巧，能让你拥有一份被动收入，最后实现"不上班也有钱"的人生。

钱是生活中不可或缺的工具，而非我们生命的主宰。正如书中

所言："我们一生所遇到的多数难题，单靠钱是解决不了的。事实上，钱只是快乐、健康人生的附属品。"

　　正确处理自我与金钱的关系，是每个成年人的人生必修课。

　　　　　　生活不是为了赶路，而是为了感受生活。

第五章　生活篇

人生自在

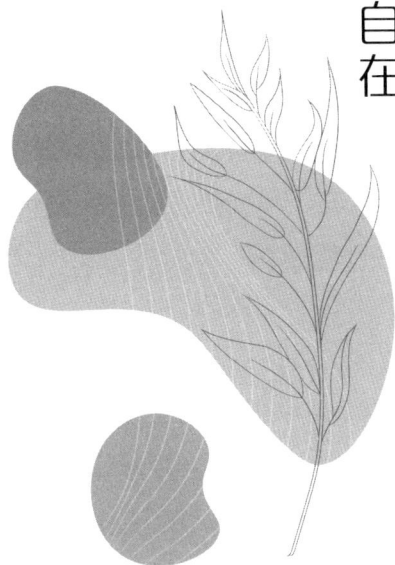

人生有标准答案吗？
——从《瓦尔登湖》中寻找新的生活方式

如果你觉得生活节奏很快，总是感到焦虑；如果你不喜欢社交，又害怕独处；如果你不知道美好的生活状态应该是什么样的……在《瓦尔登湖》里，或许你可以找到答案。

不知从何时起，很多人都陷入了一个"怪圈"。

读书时要力争上游，积极表现，为将来做准备；二十出头进入社会，一定要进别人眼中的"好单位"；到了三四十岁，又生怕被同龄人落下，想赚更多的钱，有更高的职位……

如果所有人只追求一种生活范式，那么可走的路不仅没几条，还会很拥挤。这样走下去的结果，只能是越活越累，越累越焦虑。当社会给出"成功范本"，人们也只能在外界的审视下，拼命活出"该有的样子"。但是，也总有一些人挣脱出所谓的社会标准，追寻自己心之所向的生活。

早在一百多年前，美国作家梭罗在《瓦尔登湖》中说："从圆心能够画出多少半径，就有多少生命的途径。"圆有无数条半径，人生也该有无数种选择。

📚 被"成功学"裹挟的你，一定很累吧

网上有人问："人是怎么做到每个年龄段都累的？"很多人回答："因为每个年纪，都有每个年纪该做的事。"

成功学泛滥的今天，人"该做"的事太多。仿佛哪一步没跟上，就会被甩出时代浪潮，被贴上"失败"的标签。可事实上，越是盲目追随其他人的脚步，越容易迷失方向。

梭罗在去瓦尔登湖之前也曾努力地想"成功"，结果却令自己身心交瘁。

他于1833年考入哈佛大学文学院，梦想毕业后能走上文学之路。但当时的美国，正值经济上升期。社会只青睐"能赚钱"的人，根本看不起他这样的文学青年。于是毕业后，梭罗和哥哥开了一所私立学校，后来又和父亲一起经营家族产业。他每天忙于应酬，又要操心生意，整个人疲惫不堪。更令他难过的是，他根本没时间读书写作，生活一点乐趣都没有。

还有那么几年，梭罗去社会上打工，先后做过编辑、督查员。然而，当编辑时的他不被主编认可，当督察员又惨遭淘汰。可以说，年轻时的梭罗和你我一样，过着麻木又疲惫的日子。

正如当年被社会各种俗务所累的梭罗，现在很多人不也受困于"标配人生"吗？你想朝梦想进军，可在别人的劝说下，还是做了不喜欢的工作；你想过小富即安的日子，却又在与同龄人的攀比中，拼命去赚更多的钱……

很多时候，走上所谓的"成功"之路，并非我们的本意，是焦躁的时代里，一股股莽撞向前的浪潮，将你我裹挟。我们不敢违逆潮流，不敢活成另类，更不敢面对真实的自己。最终，都迷失在喧嚣中，被加工成了同样可怜的样子。

📚 成功没有标准答案，人生也一样

在《瓦尔登湖》中，梭罗讲了一位很有趣的朋友的故事。他是个贫穷的樵夫，独居在森林的木屋中。他一穷二白，无权无势，是众人眼里的失败者，可他却活得无比自在、幸福。梭罗问他："这样生活不会无聊吗？"樵夫说："能在这里砍柴我就很开心了。"

樵夫会用木头做各种小玩具，和林子里的小动物一起玩闹，小鸟会落在他的掌心吃豆子，浣熊会躲到他的屋里烤火。他的朋友不在人群中，而是自然界的生灵；他的财富也不是真金白银，而是内心的欢喜。

讲完樵夫的故事，梭罗感慨："人们称赞和认为成功的方式，只不过是生活中的一种。"真正的人生，应该像大自然的物种一样，具备多样性。梭罗告诉我们，每个人都可以有属于自己的生活，只有真正明白这个道理的人才能勇敢挣脱枷锁，打造出自己的人生天地。

一次和朋友小陈聊天，得知他刚辞去高薪工作，在家做起了自媒体。起初我很是不解，可聊着聊着，我才明白，小陈的辞职并非一时冲动。他在公司上班时，因为行业竞争太激烈而全年无休，天天熬夜，每天被"末位淘汰"压得喘不过气，身体一天不如一天。不到 30 岁，他就开始脱发，还患上了脂肪肝。

后来，他舍掉无用的面子，下决心活出生活的里子。经过一段时间的摸索，他打造起自己的平台，虽赚不到大钱，但能养活自己。最主要的是，他不再焦虑迷茫，活得非常自在。

每个人的生活轨迹不同，在阳光大道上奋力前行是对的，在羊肠小径上欣赏风景也不是错。豆瓣有个叫"逆社会时钟"的小组，里面有的人 20 岁去山上隐居，有的人 30 岁辞掉大厂的工作去农场摘蓝莓，有的人 48 岁考大学，有的人 60 岁开始学画画……

生活没有标准答案，成功也没有标准定义。只要一直不放弃对生活的热爱和对梦想的追求，哪怕不按众人眼中"标准"的路线走，我们也能过上精彩的"自定义人生"。

真正的幸福，需要的东西并不多

诗人爱默生曾说："没有哪个美国人，比梭罗活得更真实。"

当众人在"拜金主义"的奴役下，把自己活成赚钱机器时，梭罗却能舍掉欲望、放下名利，按自己喜欢的方式去生活。在书里，梭罗详细记录了隐居生活的妙趣。每每读来，总令人羡慕不已。

1845 年 7 月到 1847 年 9 月，梭罗住在瓦尔登湖畔的小木屋中。这两年时间，他拥有的东西很少，吃的东西很粗糙。几乎不赚钱，花销更是少之又少，两年来才花了八美元。

然而，这种外人眼里的清苦日子，才是梭罗真正向往的生活。白天，他荡舟湖面，看湖鸟戏耍；或是在林中独行，捡木材、野果回家。晚上，他要么安静地看看书，写写日记；要么就去外面走走，感受那种极致的静谧。

瓦尔登湖的冬天很冷，梭罗会在屋里燃起炉火，思考、写作；夏天来临时，他则会漫无目的地在野外闲逛，或是走很远的路去拜访友人。他就这样在大自然的四季轮转中，活出了自己想要的生活。而撑起这种生活的不是巨额财富，是他内心的丰盈与骨子里的勇气。

反观很多人，拥有的远比梭罗多，却活得索然无味。被物欲绑架的人，所认准的成功往往是有房有车，有名有利，有花不完的钱。但利益相争的世界里，有多必有寡，有富必有穷，有成必有败。不管你多努力，总有比你更出色的人，这便是我们焦虑的根源。

真正的成功到底是什么？怎么才能令自己幸福？梭罗早已给出了答案。那就是不做欲望的奴仆，跳出世俗的框架，不羡慕别人的所得，跟随自己的心去走自己的路。豆瓣上曾有人问："大家为什么不停地阅读《瓦尔登湖》？"有人这样总结："《瓦尔登湖》是梭罗搭建的一处避难所。每当你累了或烦了，随便翻开一页，便能暂时远离现实中的焦虑。"是梭罗让我们看清一个真理：在别人的地图上，你永远找不到自己的路。只有从心出发，人才能走到自己想去的地方。

如果生活是一张考卷，关于成功的答案，绝不会框死在一个狭窄的范围内。因为人和人本就不同，我们都有各自的感受与追求。与其被统一加工成"不快乐"的成功者，倒不如像梭罗一样，做独特又快乐的自己。活成原野上的树，大胆地长出自己的形状，过上自己想要的生活。

声色犬马，从来不是人生的标配。成功只有一种，就是按自己喜欢的方式过一生。

尽情享受人生每一个清晨和日暮，平凡中也会有不期而遇的惊喜。

如何度过生活中空虚的时光？

——从《阅读是一座随身携带的避难所》中找到
充实内心的方式

书籍不但能治愈生活中的苦，更能治愈灵魂深处的苦，如果
孤独的人想找个伴侣，书籍一定是心灵上的最佳陪伴。毛姆的
《阅读是一座随身携带的避难所》，让我们从书中找到路，在阅
读中看到路在脚下延伸。

1884年，刚满10岁的毛姆因父母双亡被送去叔叔家寄养。叔
叔异常残暴，经常殴打毛姆。每次被打后，毛姆都会躲进那间藏着
几十本书的储藏室。因为只要开始阅读，无论受了多大委屈，他都
可以静下心来。

毛姆说："培养阅读的习惯，就是为自己构建一座避难所，让
你得以逃离人世间几乎所有的痛苦与不幸。"读过书的人，不会被
逆境轻易击垮。生而为人，我们都像一条小船，在命运中漂泊，当

生活的狂风猛烈地吹向你，书籍是随时避风的港湾。

📚 总有一本书，为你消解人生的苦

毛姆曾十分感慨地提起过作家福楼拜的一段往事。

福楼拜本来家境优渥，和家人过着安稳日子。可是一个雨夜，他发生严重车祸，等他醒来，他被告知这辈子都要带着泄液线生活，而且再也不能喝酒吃肉。当他终于熬过漫长的恢复期，厄运却再次降临。第二年，父亲和最疼爱他的姐姐相继离世。一连串的打击，把福楼拜打入了痛苦的深渊，他把自己锁在家，整日埋头苦读，以此逃避悲伤。

没想到，书竟使他产生了奇妙的感觉。他渐渐懂得，每个人都会经历绝望，并不是只有他内心有伤。他开始不再感到孤单，也慢慢释怀了一切遗憾。

生活会刁难每一个人，但只要你愿意，总有一本书，能为你消解人生的苦。焦躁难安时，书籍会安抚心绪；彷徨无助时，书籍是最好的向导。一位网友曾分享过自己的成长经历：她家境贫寒，父母离异，从小就辍学打工，吃尽了生活的苦头。本以为人生就此荒废，没想到却意外接触到成人自考，开启了读书救赎之路。除了钻研教材，她还广泛涉猎。经过如饥似渴的阅读和学习，她拿下了北大心理学学位，还顺利申请到读研机会。

人生是片苦海，当生活的航船被汹涌的浪头打翻，谁都会惊慌失措。但别忘了,这世上,人会拒绝你,事会为难你,但书不会。不管你现在正在经历什么,一旦你撞开了读书这扇求生门,生活会一瞬间被希望点亮。

终其一生,我们都在书中寻找失散的灵魂

毛姆年轻时,曾因感情问题陷入痛苦,整日失魂落魄。百无聊赖之际,他翻看了《呼啸山庄》,立刻被书中的爱恨纠缠吸引。看到最后,他忽然顿悟:人不应被情爱困住,要做自己灵魂的主人。从那之后,他放下旧情,看淡遗憾,重新燃起对生活的热情。

书籍,不单单是生活的避难所,更是灵魂的栖息地。当你被抛弃或被否定时,书籍会像个老朋友,给你心灵上的陪伴。特立独行的人,会在书中找到同类;格格不入的人,会在书中得到共鸣。读书不仅是在读人生百态,也是在阅读自己,寻找灵魂。

看过一个网友分享。他说自己一直是大家眼中的"怪咖",独来独往,很不合群。在外人看来,他可怜得很,但实际上,他却过得比谁都惬意。无论去哪座城市工作,他都会把家打造成小型图书馆。每到周末,他就会泡上杯茶,安静地看书。他说:"我的生活看似枯燥,但内心从未枯竭。"

读书的目的,不在于帮你赚到多少钱,而在于给你一种内在力量,帮你走出现实的逼仄,领略时空的浩瀚。而心灵,就在这浩瀚的体验中,被慢慢浸润滋养。

📚　在阅读中，遇见更好的自己

高尔基说："学习不等于模仿，而是掌握技巧和方法。"任何事情，都需要刻意练习，读书也不例外。在《阅读是一座随身携带的避难所》里，有很多毛姆自己独到的读书方法。学会这些方法，于阅读大有裨益。

1. 跳读：聪明的读者，都具备跳读的技能

很多人都有这样的困扰：大部头的书没时间看，很多书看了个开头就扔在一边。毛姆也有此困惑，比如看《红书》时，他就总想放弃。但后来，他发现"跳读"是个好办法，就把《红书》跳着通读了一遍。

毛姆说，读书要跳读与精读相结合。不是所有的书都值得逐字阅读，略显粗糙的书，做到大致浏览即可；而具有巨大文学价值，或是真心喜爱的书，就需要我们花时间精读。

跳读，着重看脉络和重点章节；精读，则要在思考中慢慢来。牢记一点，读书不是任务，没必要逼自己。

2. 问读：为快乐而读书

好奇心和求知欲是读书的动力，解惑往往是阅读最常见的目的。带着好奇心，为了快乐而读书，才是实现长期阅读的秘诀。

有句话说得好，喜欢的事自然可以坚持，不喜欢怎么也长久不了。让读书变成快乐的事，才能与书籍成为毕生的朋友。

3. 听读：跟随高人的脚步，你将读到更多好书

网络上有人问：大家都是怎么找书看的？一个回复说：很简单，找牛人要份必读书单。阅读达人的推荐，是我们遇见好书的捷径之一。

毛姆就是在哲学家库诺·费舍的带领下，开启了哲学的阅读之旅。有个公式推荐给大家：自己的书单 = 别人的推荐 + 自己的兴趣。

4. 广读：没有一本一劳永逸的书

一个国王下令让人为他找出一本全世界最好的书。没想到大臣们最后竟找出 5000 本书，每一本都不可取代。

毛姆说，这世上，根本没有一本让人看了一劳永逸的书。读书不是功利性的事，我们不能奢望读一两本书，就拥有了智慧。别局限在某个领域，拓宽读书的边界，才能扩大自己的认知领域。

5. 写读：用输出带动输入

高效的学习，有输入更要有输出。读一本书，可以写读书笔记、心得随笔、解读分析，也可以与人讨论，参加学术研究。

网络时代，各大社交平台都可以成为你的写作大本营。想要读好一本书，离不开及时复盘，大胆输出。

成为作家前，毛姆曾做过实习医生。见证无数生离死别后，他陷入迷思："人活着的意义，到底是什么？"直到有一天，他在一本书中找到了答案——人，为了真善美而活。而它们不在别处，恰恰就隐藏在一本本书中。

读书，是破局之法，让人有了摆脱命运桎梏的可能；读书，是修行之道，让人看见自己，找到灵魂。

在心中种花，人生才不会荒芜。

如何面对人生的孤独？

——从《在细雨中呼喊》中得到的修心秘法

如果你时常感觉在自己的身边找不到同类；时常感觉自己不被周围的人理解；时常感觉自己欲说还休、无所倾诉……余华的这本《在细雨中呼喊》或许能让你找到心灵的共鸣。

余华说："再也没有比孤独的无依无靠的呼喊声更令人战栗了，在雨中空旷的黑夜里。"无数个黑夜，他逼自己陷入一个孩子的回忆，写下了第一部长篇小说——《在细雨中呼喊》。

书里主要讲述了一个父母不爱、兄弟不喜的少年，在友情的边缘反复试探，一次次被排挤孤立却又坚强站起，最终与生活和解的故事。主人公在细雨中呼唤亲情、友情的模样，像极了在茫然无措中，渴望着温暖的我们。人的一生总会遇到疾风暴雨，但当你强大起来，那些淋过的雨，也都会悄悄地滋润着你。

你总要一个人，尝遍孤独

主人公孙光林，是孙家的第二个孩子。他的出生，缘于父亲对母亲的一次暴力折磨，不甚光彩，因此，孙光林也被家人厌弃。6岁那年，因为家庭贫困，他被父亲送给了镇里一对没有子女的夫妇。12岁，养父自杀，养母弃他而去，孙光林再次成了没人要的小孩，不得不重回原生家庭。

他的回归，再次成为孙家的累赘。父亲将他视作不祥之兆，本能地排斥他，母亲也忽视他；兄弟们都讨厌他，连带村里的小伙伴一同疏远他、欺负他。孙光林就像寄居在家里的过客，每天孤身一人。

上了中学，他终于交到了一个朋友——苏宇。但苏宇却因一次性骚扰而被判劳改。苏宇出狱后，几乎所有人都唾弃他，亲生父母更是对他横眉冷对。出狱不久，苏宇因脑血管破裂死于家中。朋友的离世，再次把孙光林推进孤独的深渊。

可在这部以"孤独"为主题的书中，艰难成长的又何止孙光林。他童年的伙伴国庆，母亲去世后又被父亲抛弃，只好与一位神经质的老太相伴；长大后的忘年交鲁鲁，母亲被送去劳改，6岁的他风餐露宿，无以为家。互相陪伴的时光，仿佛只是他们人生的零星点缀，大多数时候他们都在各自踽踽前行。

现实中的人们似乎也是如此，有的人孤单下班，披星戴月；有的人在便利店里孤独吃饭，顾影自怜；有的人咽下工作的委屈，悄悄躲着痛哭；有的人独自背着生活重担，咬牙苦熬……

无论我们出生成长，还是相爱分开，孤独是生命永恒的状态，无从选择也无法避免。没有人能陪你走完全程，能偶遇同伴已是幸运；也没有人能完全与你感同身受，能略懂一二便是福气。你终归要一个人，尝遍所有人生滋味，孤勇前行。

盲目合群，不如独行

为了摆脱孤苦无依的处境，孙光林不顾一切想融入集体中去。

他曾经试图亲近家人却未果，虽然一开始很难受，但久了发现，他和他们根本不是一路人。他的父亲不忠不孝、劣迹斑斑，母亲没有底线、一味隐忍，兄弟之间更是充斥着谎言和暴力。

弟弟逞能救人溺水身亡，父亲却第一时间把自己宣传成"英雄父亲"，幻想着借此飞黄腾达。还因为怕别人的眼光，强行拉他一起"表演和睦家庭"。孙光林冷眼看着利益面前的亲情，淡薄成一具躯壳。

在学校里，孙光林也曾尝试结交"校园红人"苏杭。尽管内心不耻，但还是跟着他们，刻意模仿他们。可悲的是，孙光林对于苏杭从来都可有可无。为了吸引喜欢的女生，苏杭会追打孙光林，对他做各种过分的事。

在同学们的欢叫声中，泪水模糊了孙光林的双眼。此时，他内心的屈辱感，远远胜过对孤独的恐惧。经过这次打击，孙光林又陷入了孤独，但他感激苏杭将他打醒，让他懂得："我不再装模作样地拥有很多朋友，而是回到了孤单之中，以真正的我开始了独自的生活。"

孙光林一次次向往热闹，却一次次触碰人性。虚伪亲情说断就断，泡沫友谊说散就散，丢不掉的依然是孤独感。说到底，向外界寻求依靠，还是因自己不够坚强，不够成熟。幻想着用别人的热闹填补内心空白，在讨好迎合下丢弃掉自身，何尝不是在看轻自己？

当你委曲求全地假装与他人合流，建立肤浅的关系，不过是把自己拉入另一个无效而无用的"伪"热闹中。生活并非因繁华而精彩，与其为了合群过庸俗的日子，不如静静品味一个人的自由与欢愉。人生可以寂寞，但不能失控。

📚 能承受孤独，才能变得强大

长久以来，被抛弃、被冷落、被排挤的遭遇让孙光林心中压抑着愤懑和绝望。在家人身上，他看到了自己并不光明的未来，在一次次的思量中，他决定不再靠近，而是逃离。

通过不懈的努力，他顺利读完高中，考上了大学。他因强大的内心而学会自愈，还学会了用温暖的感情治愈他人。

后来，孙光林遇见了鲁鲁——一个可怜的小男孩。18岁的孙光林耐心做起6岁鲁鲁的朋友，给予他关怀。一次，鲁鲁虚构的哥哥被其他小朋友拆穿嘲弄，孙光林站了出来，当着其他孩子的面，大声对鲁鲁说："我就是你的哥哥。"他保护着被排挤、被孤立的鲁鲁，如同安抚着童年的自己。

后来，父母接连去世，朋友纷纷离开，孙光林成了真正意义上的"一个人"。但此时，他已能抛却心中的恐惧，重新理解这个复杂的世界。

正如余华在自序中所写的那样："将那些毫无关联的往事重新组合起来，从而获得了全新的过去，而且还可以不断地更换自己的组合，以求获得不一样的经历。"

旁人的冷漠曾给孙光林带来巨大痛苦，但是当他选择与过去和解，不甘的心也渐渐平静，受过的伤也渐渐痊愈。有些黑暗必须自己穿越，有些痛苦必须自己治愈，有些悲喜必须自己抚平。而后你会发现，再没有比独处的时光，更能令一个人的内心变得强大。

每个人的心里或许都同余华一样，曾住着一个这样孤单、脆弱的少年，对着这个无法置身其中的热闹世界，悻悻地说："热闹是他们的，我什么也没有。"而少年长大终归会发现，想要摆脱内心的荒芜，既不是去逃避现实，也不是强行将自己从中抽身而出。真正应该做的，是从容迎接命运带给我们的一切，做好自己该做的事，走自己该走的路。

那些无法摧毁你的，不仅使你成长，更能使你强大。而当你足够强大，能够独当一面的时候，你会发现，过去看似凶神恶煞的世界，也会突然变得温文尔雅。

> 人生最好的境界是丰富的安静，这种境界，唯有独处时才能到达。

你真的需要那么多东西吗?

——从《断舍离》中看清人与物质的关系

现代社会中,越来越多的人都在讲要"断舍离",到底什么才算有效的"断舍离"?在《断舍离》这本书中,或许你可以找到想要的答案。

你是不是也这样:衣柜塞得满满当当,仍觉得还少一件衣服;物品没消耗完,却忍不住多囤几样;打扫家里总能翻出各种被遗忘,甚至是过期的东西;明明生活在物质丰饶、啥都不缺的时代,很多人对物品的占有欲却依旧有增无减,甚至到了痴狂的地步。

但生活真的需要这么多东西吗?来自日本的"断舍离"创始人山下英子认为:"其实,我们只需要选择和当下的自己相称的东西就足够了。"物品生来就是为人所用。如果有一天,你发现它俨然成为空间的使用者,那么就要警惕自己是否落入物欲膨胀的困局里了。

作家毛姆曾说:"要记得在庸常的物质生活之上,还有更为迷人的精神世界。"当我们开始做物质的减法时,也是在重新思考自己人生真正的所求所需,于是精神的加法就开启了。

山下英子老师认为"清理废弃物"只是"断舍离"的敲门砖,我们最终的目的,是要通过"断舍离"来撼动自己根深蒂固的"物品价值观",促进生活和生命的新陈代谢,从而迎来焕然一新的人生。

每一样物品都是我们内在思维的折射。你越无法放手的东西,越代表了你的执念所在。为了让大家更清晰地理解山下英子老师的"断舍离"心得,下面将以"3+3+3"的数字进行提炼。希望你阅读完之后,可以摆脱物欲的禁锢。

3 类无法放手的人群

第一类:逃避现实型

这类人多半是对家庭带有不满,于是以家里环境混乱为理由,不处理甚至不回家。

一位结婚 30 年的女士,以平日里要去打工、参加聚会等为由,对待家务敷衍了事,以至于家里逐渐堆满了杂物。在接触到"断舍离"概念后,她开始行动起来。

整理时,她发现了两个箱子,才想起 10 年前本打算结束这段婚姻。可这两箱陪嫁衣物,让她想到父母和孩子,就犹豫了。于是只能频繁外出，避开丈夫，不知不觉间蹉跎了岁月。想明白后，她扔掉了它们，跟丈夫离了婚，还给自己一个自由的灵魂。

第二类：执着过去型

这类人收藏了很多能唤起回忆的物件。他们觉得丢弃这些物品是一种不尊重、不礼貌的行为，却没发现自己深陷在回忆的泥潭，丢掉了向前的勇气。

长期坚持断舍离的幸小姐，能够轻松整理衣物，却对橱柜里的一套餐具无法割舍。其实这些餐具她都不大喜欢，但因为是婆婆送的，就任由它们在橱柜挤了 20 年。

庆幸的是，她终于鼓起勇气收拾橱柜。过程中，幸小姐意识到自己太顾虑别人的看法，忽略了自己的内心。这一次，幸小姐不仅处理了那些餐具，也卸下了人际中不堪重负的压力。

第三类：担忧未来型

这类人热衷于为未来做准备，即使物资充足，依旧忍不住买买买，总觉得将来的某一天会用上，而这恰恰反映了他们内心的焦虑不安。

顺子小姐断舍离时，最难处理的是数量惊人的开运摆件。一开始她不认为它们多余，直到反思才发现，留着它们是因为自己内心深处对未来充满了惶恐：担忧财务、苦恼人际、缺乏自我肯定……在深刻理解了自己的物质观后，顺子果断对摆件进行断舍离，以此断开那些不停担忧未来的想法，然后从当下好好经营生活和提升自己，以更强的底气去生活。

诚如山下英子的总结："'断舍离'并不是简单的处理杂物、抛弃废物，收纳物品。"每一件物品都包含了我们的想法和情感，每一次断舍离都是对大脑的清零和重启。学会透过无法割舍的物欲，反思人生问题，找到新的出路，这才是真正的断舍离。

📚 3 条轴线

首先是时间轴

当我们在进行断舍离时，要把时间放在当下，也就是考虑这件物品是不是当下适用的，而非过去或将来。

例如，这件衣服你以前很喜欢穿，现在却闲置了很久，那就可以大胆地舍弃它；而想着为客人到来准备的碗筷，实际上一年也用不上几回的话，也是可以处理掉的。

其次是关系轴

在考虑一件东西的去留时，如果你是以它还能不能用为判断标准，说明物品在你的生活中早已反客为主了。

千万要牢记：物品的存在就是为了给人类使用的。所以判断一件物品的价值，是我需不需要用，而非这件东西能不能用。理清人与物品的服务关系，会帮助我们做出选择。

最后是空间轴

"断舍离"不是教人一味地扔东西，而是让我们学会和物品保持舒适的相处关系。

我们最终追求的，是将物品的量锁定到适当程度，把生活空间保持在舒服的状态，维持好房子的干净、卫生就足够了。

我们可以借鉴山下英子提出的"7-5-1"收纳法。即看不见的收纳空间中，物品最多七成满；看得见的空间中，物品最多五成满；展示性的空间中，物品最多一成满。比如衣柜这类带门的"看不见的收纳空间"，就留白三成；而玻璃柜这种可视区域就留一半空间；具有展示意义的地方则只放一成的摆件。

📚 3个原则

在考虑跟任何一件物品的关系时，都可以用"必要·合适·愉快"这三个原则来判断。

在做断舍离的第一步"断"时，我们就在每一次购物时用"必要·合适·愉快"这三个原则来筛选物品：如果这件物品不是当下就有用，不买；如果这件物品对自己实际用处不大，不买；如果这件物品自己并没有特别喜欢，不买。

也就是说，唯有同时满足"必要·合适·愉快"这三个条件的东西，方是值得我们买入的。同理，我们在做"舍"的时候，也是依据这三个要点，将那些对我们来说不必要、不合适、不愉快的物品丢弃。

不妨试着以场所为单元，从你最没有压力的地方开始"断舍离"，循序渐进到执念最深的地方。比如这周整理客厅，下周整理厨房，再接着整理卧室、书房……最后，通过对物品一进一出这两个重要关口的把控，我们就能慢慢斩断物欲，甚至进一步洞察内心，找回真正的自我。

很喜欢关于《断舍离》的一句书评："扔掉看得见的东西，改变看不见的世界。"有时候，撬动我们命运齿轮的，并非什么惊天动地的变化，而是身边那件不起眼的小事。正如你下定决心开始践行"断舍离"时，就已经迎来了整理人生的契机。

最高级的断舍离，是整理自己的内心。

如何获得对生活的掌控感？

——从《被讨厌的勇气》中感受当下的自由与幸福

你是否常常感觉无力改变自己的状态？你是否时常因为复杂的人际关系感到疲惫？你是否总是陷入自卑或痛苦？《被讨厌的勇气》里说："人不是缺乏幸福的能力，而是勇气。"当你觉得自己离幸福很远时，或许可以从这本书里找到答案。

拿破仑曾说："我有一个忠告给你，做你自己的主人。"掌控自己的人生，是我们个人成长中绕不开的一个课题。

在《被讨厌的勇气》中，作者告诉我们最重要的也正是这一点。世界纷纷扰扰，但都不应该成为我们感到不幸福的原因。活在当下，内心强大，就无惧一切。

你的幸与不幸，皆是自己的选择

《被讨厌的勇气》里有一个年轻人，因为小时候在家受到了父母的虐待，产生了心理创伤，成年之后变得排斥出门，厌恶社交。他为自己的遭遇哀叹，觉得童年的不幸毁了自己的一生。

然而，被誉为"自我启发之父"的心理学大师阿德勒认为："决定我们自身的不是过去的经历，而是我们自己赋予经历的意义。"因为，如果我们一直依赖原因论，就会永远止步不前。

生活中，不少人都有过类似的遭遇。他们总是把自己当下的困顿，归咎于过去不好的经历。有的人甚至成天只顾抱怨，对眼前的苟且却无动于衷，不去做任何改变。

但也有人把逆境当成人生难得一遇的机遇。认识一对夫妻，20世纪90年代，在人到中年时，他们双双下岗。夫妻俩先是借了亲戚的钱，在老家做小本生意。不料，因为毫无经验，没过几个月，亏得血本无归，还欠下一笔债款。

他们只好背井离乡，用身上仅有的钱买了一辆早餐车，不管阴晴雨雪，每天凌晨3点起床做早点售卖。那是一段异常艰辛的时光，强大的体力劳动和巨大的心理压力，迫使夫妻俩拼尽全力。

30年后，这对夫妻都年过七旬，再回想起这段往事，他们没有任何抱怨，而是选择给这段艰难的经历注入温情的回忆。

用他们的话来说，当时如果不是遭遇了那么大的人生难题，就不会体会到苦难时的夫妻情深，自然也没有机会发现，自己竟然还有能力把生意做大。

同样是遭遇人生逆境，不同的心态，竟然有截然不同的境遇。正如《被讨厌的勇气》中说的那样："决定完美自身的不是过去的经历，而是经历赋予了人生的意义。"而赋予过去的事情什么样的价值，这是"现在的你"所面临的课题。

📚 你的好与不好，皆因自己的心态

在《被讨厌的勇气》中，一位青年向哲人倾诉自己的苦闷，他非常讨厌自己。因为青年有一个哥哥，从小到大不但成绩优秀，而且什么事都很精通。相比哥哥，青年却显得平平无奇，不论做什么事情，都赢不了哥哥。这让他常年生活在深深的自卑感中，总感觉被压抑、被忽视。

对于青年的遭遇，哲人劝解：为什么不让自己从"竞争的怪圈"中解放出来？要知道，与其和周遭的人和事为敌，不如借用双赢思维，把所谓的"竞争对手"当成合作伙伴，大家一起实现能力的提升。

试想一下，如果我们把他人的幸福看作"我的失败"，就会陷入"或许会输"的恐惧心理中；而如果我们能够认识到"人人都是我的伙伴"，那么，对世界的看法也会截然不同。

追求优越性，并不是通过与他人的竞争来完成的。

这让人不禁想起功夫巨星李小龙的故事。19岁那年，练习了几年咏春拳的李小龙刚到美国和人比武，在高手如云的对决中，结果不尽如人意。但李小龙没有因此灰心，更没有丧失斗志。

比武之后，李小龙摆正心态，他认真分析对方的招式和套路，然后决定租下一个废弃的停车场，招一批对中国武术感兴趣的学员进行教学。教学的过程中，李小龙一边教中国武术，一边在切磋中从学员那里认真学习，研究对方的武术套路。

李小龙把中国武术、综合格斗、柔道、空手道、菲律宾短棍等，和健身、舞蹈，以及自己大学学习的哲学和心理学课程相融合，形成了一门独特的功夫。24 岁那年，当李小龙以嘉宾的身份参赛，在唐人街与其他中国武术高手交手后，被大家称为"一代高手"。

李小龙从 19 岁时的表现平平，到 24 岁的卓然超群，他用自己的实际行动告诉我们：决定你人生状态的不是其他任何人，而是你自己。

你的成与不成，皆在自己的格局

《被讨厌的勇气》中，那位青年的父母非常严厉，不但常常拿他和哥哥比较，而且还总是对他的人生指手画脚："要好好学习。""不要跟那样的朋友来往。""至少得上这个大学。""必须选择这样的工作。"……父母的掌控，一度让青年面临巨大的压力，同时这种压力的背后也是一种羁绊。青年为自己和父母的关系而苦恼，他不知道怎么去处理这段人际关系。

其实现实中，也有不少人有过和书中青年类似的苦恼，因为父母的期待过高，导致自己焦头烂额，生活也是一片狼藉。对此，《被讨厌的勇气》中的哲人认为："我们并不是为了满足别人的期待而活着。"哲人鼓励青年，在处理人际关系的时候，不要回避，而是积极主动去面对。

我们不是考虑"这个人会给我什么"，而是思考一下，"我能给这个人什么"。

出生于福建一个小乡村的洗脚妹刘丽，在外面打工赚钱，每个月工资 1800 元，她要把 1500 元寄给家里。然而刘丽回家过年时，父母因为女儿"不光彩"的工作，把她赶出了家。刘丽当时陷入深深的绝望，甚至连"死的心都有了"。

但一个决定改变了她的一生。从 2001 年开始，刘丽着手资助家乡的穷困孩子，在帮助他人的过程中，她获得了内心的慰藉，并被评为"感动中国 2010 年度人物"。刘丽跳出他人给予的"被动"情绪，选择掌控人生的主动权，用一种有意义的方式，寻找自己的归属感。

正如《被讨厌的勇气》作者岸见一郎说的那样："归属感不是生来就有的东西，而是要靠自己的手去获得。"我们往往在感觉自己对别人有用的时候才能体会到自己的价值。真正的幸福往往源于自我价值的实现与外界的认可。

《被讨厌的勇气》中，哲人一直和青年强调："面对过去的不快乐，你是选择深陷其中，还是接受真实的自我，活在当下，这将决定你今后会成为什么样的人。"

面对不确定的人生，做自己命运的舵手，好过被命运之绳牵着鼻子走。

正如岸见一郎所说的那样："过去发生了什么与你的'此时此刻'没有任何关系，未来会如何也不是'此时此刻'要考虑的问题。"所以，无论人生之路遭遇什么，都请尽己所能，去获得人生的主动权，更多地去关注和过好眼前的"此时此刻"。

你生而有翼，为何竟愿一生匍匐前行，形如蝼蚁？

你真的知道如何休息吗？
——从《高效休息法》中掌握正确的放松方式

你是否有过这样的状态：不管是工作日，还是假期，总感觉特别累；就算是睡眠充足，也频频感觉到疲惫；做事时，经常无法集中精力，还时常胡思乱想……问题到底出在哪了呢？我们或许能从《高效休息法》这本书里找到答案。

明明休息得很好，却还是感到疲惫，到底是为什么呢？《高效休息法》中指出："这个世界上没有什么高效的休息场所。只要你的内心未被治愈，就永远无法拥有真正的休息。而最切实可行的休息方法，就是让你的大脑获得休息。"

书中的主人公小川夏帆（以下简称小夏），是一位身心疲惫的留学生，在向脑科学家尤达大师学习后，帮助自己和他人彻底摆脱了困境，走出了生活低谷。

在阅读的过程中，我们可以跟随小夏的视角，学会在不同情况下如何正确地休息，从而让自己彻底从疲惫中恢复过来。

📚 所有的疲劳和压力，都来自杂念

29 岁的日本姑娘小夏，是同龄人中的佼佼者，她立志成为顶尖脑科学研究者。在完成博士课程后，她如愿来到了美国知名高校耶鲁大学，成为一名研究员，然而她的生活境况却急转直下。

她被分配到尤达大师的研究所，小夏对此很不满意，费尽心思转到了尖端脑科学研究室，但是这里激烈的竞争让她心力交瘁，更要命的是她的研究经费迟迟没有获批。

屋漏偏逢连夜雨，学术之路已然严重受挫，小夏的生活也因为父亲的不支持而陷入捉襟见肘的窘境。

走投无路之下，她只得去伯父的百吉果店打工。但店铺的经营状况很糟糕，不仅生意惨淡，员工们也都死气沉沉的。才去没多久，她就跟其中一个员工大吵起来。其他人竟然因此联合起来，用罢工抗议她的到来。学业的搁浅、生活的拮据、糟糕的人际关系……种种琐事夹杂在一起，小夏感觉疲惫极了。

生活中，许多人也都有过类似的遭遇：工作时，还一直惦记在学校的孩子；周末陪伴家人时，中途总想起工作中的细节；假期与朋友外出放松，却无法彻底放心家里的琐事。仿佛总有千头万绪撕扯着我们，导致整个人状态糟糕透了，每天都感觉特别累。

这些疲惫，大都不是因为身体劳累，而是杂念太多，大脑得不

到充分的休息造成的。《高效休息法》中讲到，大脑是一个静不下来的器官，就算人在休息状态，大脑中的预设网络模式也在低速运转。脑海中的杂念越多，大脑的负荷也就越大。而预设网络模式所消耗的能量，要占到大脑整体耗能的 60%~80%。也就是说，一个人脑海中杂念越多，内心就会越疲惫，整个人就会感觉压力越大。

大文豪托尔斯泰曾说："使人疲惫的不是远方的高山，而是鞋子里的一粒沙子。"正是那些隐藏在事件背后的念头，在无形中消耗着我们的能量，让人感觉日渐力不从心。

聚焦当下，保持正念，大脑才能得到真正的休息

小夏被生活里的种种挫折和琐事折磨得不堪重负，于是前去求助尤达大师，尤达大师明确地表示正念可以帮助到她。他说："身体的疲惫会以各种形式表现出来，比如心情烦躁、没有干劲、注意力涣散、无精打采、容易忘事、大白天困意满满等，甚至身体会撞到平时不会撞到的地方。"而这些疲惫的反常现象，究其根本还是因为脑子里杂念太多，无法聚焦造成的。

小夏回忆百吉果店里同事们的种种表现，决定和大家一起尝试正念冥想，让大家学会聚焦，摆脱疲惫。她先是带领同事们在每次吃百吉果之前进行饮食冥想，又在店里开辟出每天冥想的固定地点。起初，没有人理睬她的做法，但随着小夏的持续行动，逐渐有

人加入其中。私下交流时，小夏又顺势给同事提一些练习正念的建议，同事们都逐渐发生了变化：卡洛斯原来总是丢三落四，犯一些非常低级的错误，一段时间后，这些错误犯得少了，而且专注力也提升了；戴安娜作为单亲妈妈，过去一直神经紧绷，经过正念练习，表情柔和了许多，脾气也不那么暴躁了；总是自我否定的友美也变得开始关注自己的需求；小夏的伯父也放下了内心中的固执，修复了和合伙人的关系。

最终，在大家的齐心协力下，百吉果店渡过了危机，生意越来越兴隆。小夏也走出了低谷，不仅重回耶鲁大学做研究员，发表的文章还得到了国际知名期刊的认可。

列宁曾说："会休息的人才会工作，会休息才是提升效率的第一步。"当我们学会把意识集中到当下，让大脑得到真正的休息后，这些异常的现象也会随之变少，生活也会逐渐拐回正轨。

📚 7个有效的方法，让你学会高效休息

对于现代人来讲，休息显得越来越重要，它正在逐渐成为工作的重要一环。真正高效的休息，不但能够让我们精神放松，更能够提升一个人的专注力和自制力。《高效休息法》一书中，作者久贺谷亮先生就为我们介绍了7种高效休息的方法。

1. 正念呼吸法

当感觉脑袋昏昏沉沉时，可以用正念呼吸法，把注意力集中在当下。

坐在椅子上，挺直背部，放松腹部，把双手放在大腿上，双脚脚掌平踩于地面，眼睛可以闭上，也可以平视前方两米左右的位置。然后，先试着把注意力集中在身体上，体会每个部位的感受，再把意识放到呼吸上，体会进入身体的气流流动的感觉。不要害怕被其他想法打断，发现后及时拉回到呼吸上即可。

2. 动态冥想

当你感觉心事重重时，可以尝试动态冥想。

提前设定练习的时机，只要感觉到情绪不对，就可以尝试开始动态冥想。姿势也很随意，站着，坐着或走路都可以，重要的是把注意力放在当下的动作上，感受肌肉、血液，以及身体和物品接触时的变化。

3. 压力呼吸法

当感觉繁重的压力使身体状态不佳时，可以尝试压力呼吸法。

姿势和正念呼吸法一样，先试着把感觉到压力的原因用一句话表达出来，并在心中反复默念，注意身体的反应，同时用数字给每一次呼吸贴上标签，体会身体从紧绷到放松的整个过程，再将意识扩散到整个空间，感受其中的变化。

4. "猴子思维"消除法

当你想要跳脱思维怪圈时,可以尝试"猴子思维"消除法。

把脑子里杂乱的想法设想成一只只猴子,它们都坐在疾驰而来的列车上,自己则是车站的月台。去观察列车从进站到驶离的整个过程,去发现自己和想法其实是两回事,并且逐渐把二者分离开来。

5. 温柔的慈悲心

当看他人不顺眼时,不妨尝试温柔的慈悲心,来抑制大脑中预设网络模式的过度活跃。

先做 10 分钟的正念冥想,将注意力集中到当下,然后心中设想对自己造成压力的人,同时默念:"希望你能避开各种危险,平平安安""希望你幸福,安心自在""希望你身体健康"……并关注冥想过程中自身的变化。

6. RAIN 法

当你发现自己控制不住情绪时,就可以用 RAIN 四步法,把自己和情绪隔离开。

R(Recognition):识别。先认识到愤怒的情绪,但不要牵扯到自己;

A(Acceptance):接受。然后接受当下的事实,但不做任何评判;

I(Investigation):探究。观察此时身体和内心的变化;

N（Non-indentification）：非认同。自始至终，不要因此责备自己，要和情绪保持距离。

7. 扫描全身法

当感觉到身体有痛感时，可以用扫描全身法。

在安静的环境中平躺下来，关注呼吸时腹部的起伏，而后将注意力集中在脚尖，开始顺着呼吸由下到上扫描全身，最后，对于有痛感的部位，再着重扫描一次。

当一个人真正掌握了高效休息的方法，也就相当于掌握了效率的开关，能够更加顺利地奔向期待中的目标，成为自己想成为的样子。

美国作家艾瑞克·席格尔曾说："休息是一个重要的技能，一旦你掌握了它，就可以掌控你的生活。"人生浮沉，瞬息多变，学会高效休息，才能提升生活的质量！

> 最慢的步伐不是踏步，而是徘徊；
> 最快的脚步不是冲刺，而是坚持。

到底该怎么活，才不负这一生？

——从《小妇人》中窥见人生的无数种解法

每个年轻人的成长之路都伴随着甜蜜和烦恼：感情与理智的选择、现实和理想的差距、贫穷与富有的矛盾……这些较为本质的"成长之重量"，并没有因为时代的不同而改变。就像《小妇人》中马奇家四姐妹的成长经历，穿越时空仍在给我们提供源源不断的养料，来帮助我们不断成长，不断完善自我和生命。

有这样一部属于每个男孩女孩的电影，讲述了一个不负爱与自由的故事，每个人看完都会笑中带泪。

这部电影就是横扫第 92 届奥斯卡六项提名的《小妇人》，它改编自美国作家路易莎·梅·奥尔科特的同名半自传体小说。小说出版 150 多年来，不但被翻译成 100 多种文字出版，还多次被改编成影视搬上银幕。

书中主人公乔的原型就是路易莎自己。由于家庭贫困，路易莎从小外出做工，一边工作，一边靠写作赚钱。1868 年，出版商建议她写一部关于"女孩子的书"，她便根据儿时的记忆写下《小妇人》，后来，她凭借这本书一举成名。

《小妇人》这部小说用家庭日记的形式，将马奇家四个女孩梅格、乔、贝丝、艾米的蜕变成长史娓娓道来。她们从懵懵懂懂的小女孩，成长为独立勇敢的小妇人。她们的归宿各不相同，但都过上了自己想要的生活。

读懂这个故事，你就会明白：一个人真正的独立，是活出自我。

📚 梅格：自由，是自愿的生活

马奇是一名牧师，因为帮助朋友，让原本富裕的家庭陷入困顿。战争中，他远赴战场，留下妻子和 4 个女儿在家艰难度日。

梅格是马奇家的大女儿，她美丽温柔，喜爱演出。为了减轻家庭负担，她到富有人家做家庭教师，上流社会的奢华让她垂涎欲滴。她梦想着嫁给有钱人，并积极地参加有钱人的聚会。即使穿着夹脚的高跟鞋去参加舞会扭伤了脚踝，也乐此不疲。她尽力模仿有钱人的言行举止，却像一只格格不入的丑小鸭，遭到羞辱。

梅格与清贫的家庭教师布鲁克相遇之后，一切发生了改变。她发现除了金钱之外，人生还有更宝贵的东西。梅格决定嫁给爱情，而不是金钱。马奇姑婆和妹妹乔坚决反对，只有妈妈欣然同意，她对女儿说："我宁愿你们成为拥有爱情、幸福美满的穷人家的妻子，也不愿你们做没有自尊、没有安宁的皇后。"婚后，梅格逐渐抛弃虚荣，日子艰苦但知足，他们还生下一对可爱的双胞胎。

梅格曾经一心向往荣华富贵，后来却因为爱情宁愿选择清贫的婚姻生活。妹妹乔希望她坚持梦想，不要被婚姻所束缚，而婚姻恰恰就是她的梦想。

梦想不分大小，有人追求功成名就，有人喜欢岁月静好；有人渴望财富自由，有人崇尚精神丰盈；有人愿做事业女性，有人甘当贤妻良母。梦想虽然不同，但对个人的意义同样重要。没有哪一种生活是必须的，不是大家追求的都是好的，我们不必活在别人的眼里和外界的框架里。

自愿即自由。自己想要的生活，就是最好的生活。

乔：独立，是内心的追求

乔是马奇家的二女儿，她的性格大大咧咧，洒脱不羁，像个假小子。家庭和写作是她的两大梦想。

她一心想为家庭分忧解难。为此，她去陪伴尖酸刻薄的马奇姑婆，获得一些报酬。得知爸爸生病的消息后，她卖掉自己的长发换回 25 美元给爸爸治病。妹妹贝思生病后，她没日没夜地守候在她身旁。

乔立志成为作家，用文字赚钱养家。她见缝插针地阅读、坚持不懈地写作，终于如愿以偿成了作家，通过写作赚钱让家人过上了丰衣足食的小康生活。

邻居劳里是个富家公子，和乔是青梅竹马，两人有着相似的性格和爱好，十分投缘。乔误以为妹妹贝丝喜欢劳里，为了撮合他们，乔远赴纽约，邂逅了40多岁的巴尔教授，被他的才华和睿智所吸引。

乔从纽约归来后，劳里迫不及待地对她表达爱意，乔却理智地拒绝了。后来，她遵从内心，嫁给了年长又不富裕的巴尔教授。马奇姑婆去世后，将梅园留给了乔。他们办了一所家庭学校，救济穷孩子。

无论是梦想还是婚姻，乔都坚持遵从自己的内心。她勇敢追梦，坚持写作，凭一己之力解决了家庭的经济困难；她放弃帅气多金的劳里，选择志同道合的巴尔。

乔作为独立女性的代表，激励了一代又一代人。经济独立的人，才有谋生、谋爱的底气；思想独立的人，不会人云亦云、随波逐流；人格独立的人，不依附于他人。只有这样，才真正拥有自主选择的权利。结婚与否，职业爱好，都是内心的追求，而不是对外界的屈从。真正独立的人，自己主宰自己的人生。

📚 贝丝：善良，是生命的底色

贝丝是马奇家的第三个女儿，因为性格内向腼腆，她辍学在家，努力自学。

从性格上来看，贝丝像一株静静绽放的山茶花，但是在日常生活中，她却像一只勤劳的小蜜蜂，静悄悄地帮助仆人把家里打理得整洁舒适。姐妹们忘记做的工作，她也一声不吭地包揽过来。

她弹钢琴极有天赋，家里却只有一架破烂不堪的钢琴。邻居劳伦斯先生，即劳里的爷爷，特意邀请她到家里来弹琴。贝丝亲手为劳伦斯爷爷做了一双便鞋，以示感激之情。老人大为感动，送给她一架钢琴，两人成了忘年之交。

因为照顾贫穷邻居家的婴儿，贝丝不幸感染了猩红热，一度生命垂危。后来虽然侥幸脱险，但身体却越来越虚弱。哪怕面对死神的威胁，她依然想着给他人带去快乐。她虚弱的手指从不空闲，为路过的孩子们制作手套，在窗口投放书形针盒、擦笔尖布、剪贴簿等各种小玩意儿。

在人生的最后时刻，贝丝默默地忍受，静静地祈祷，她安慰最爱的姐姐乔："离开人世时，爱是唯一能带走的东西。"她平静地离开了人世，如同她安静的一生。贝丝始终活在自己的世界里，默默无闻地奉献一切。善良是她的生命底色，温暖他人，自己也得到满足。爱与被爱，是她追求的生命意义。

善良的人往往会以自己独特的方式热爱这个世界，会认为付出就是幸福，甚至不计得失，不求回报。这样的人往往也很难被他人所左右，不会轻易打乱自己的节奏，从而拥有完整的内心。

善良的人，给予这个世界最大的温柔，也值得被世界温柔以待。

📚 艾米：幸运，是清醒地争取

艾米是马奇家最小的女儿，有着极高的绘画天赋。小时候，她有点自私任性，因为和姐姐乔闹矛盾，就烧掉了乔即将完稿的手稿。但人无完人，艾米在成长的过程中也一直努力改正自己的弱点。

关于对未来的设想，自始至终，艾米的目标都清晰而明确，那就是要进入上流社会。知道自己贫穷卑微，她就努力培养才能，提升品位。优雅得体的表现赢得了马奇姑婆和卡罗尔婶婶的青睐，因此，她被资助去欧洲游学。

艾米珍惜来之不易的机会，努力学习绘画、练习法语、参加聚会，希望凭借实力挤进上流社会。但是，她逐渐意识到自己没有艺术家的天赋，于是果断放弃了画家的梦想。事业无望，嫁给有钱人就成了进入上流社会的唯一途径。

此时，一位叫弗雷德的有钱人对艾米展开热烈的追求，尽管艾米的目标是嫁入豪门，但她并未被金钱完全遮蔽双眼，而是在权衡后选择了自己更喜欢的劳里，拒绝了比劳里更富有的弗雷德。

艾米鼓励因失恋而萎靡不振的劳里振作起来，两人逐渐擦出了爱的火花。她和劳里结婚之后，一起设立慈善机构，专门帮助贫穷而有艺术天赋的女人。

许多人觉得艾米很幸运，爱情、财富双丰收。这与她清醒的人生态度密不可分。想要进入上流社会，她不是等着天上掉馅饼，而是努力让自己变得更优秀，而且抓住稍纵即逝的机会。

种下梧桐树，自有凤凰栖。她目标明确，自信努力，完善自我，抓住一切机会将梦想变为现实。所谓的幸运，很多时候是努力争取后的结果。一个人想成功，就要对目标和客观条件有清醒的认识，然后积极主动地去争取。目标明确，主动争取，才是清醒的活法。

四个性格迥异的女孩，活出了四种不同的人生。有人选择婚姻，有人选择梦想，有人选择奉献，有人选择财富。每个人的结局不同，相同的是她们都善良仁爱，自强自立。她们的成长轨迹是芸芸众生绚烂多姿的人生缩影。人生，从来没有标准答案。跟随自己的内心，坚持自己的选择，就是最好的活法。

美国作家梭罗说："每个人应追随着自己的心，活成独一无二的自己。"真正的独立，就是活成独一无二的自己。

成为任何角色之前，先成为热爱的自己。

第六章　心态篇

人生自渡

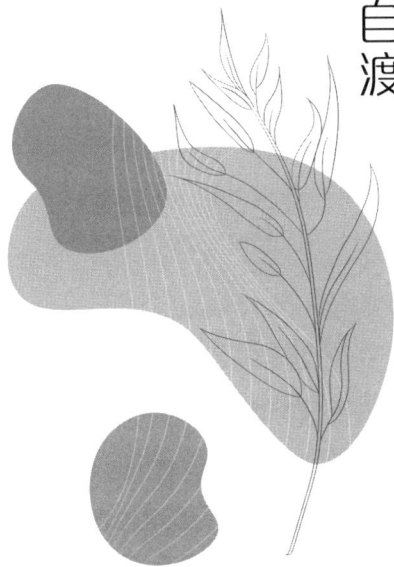

如何从日复一日的生活中提升自我价值感？
——从《西西弗神话》中找到重复的力量

快节奏的时代里，我们总是走得太快，却忘了等等灵魂。
"为什么要这样生活？""人生到底有什么意义？""我的工作
价值在哪里？""这辈子就只能这样了吗？"如果你也曾被这些
看似"无解"的问题所缠绕，那么《西西弗神话》绝对是值得你
反复品读的人生灵魂拷问之作。

　　1957年，法国作家加缪获得了诺贝尔文学奖，成为史上最年
轻的获奖者之一。获奖理由是："他以明察而热切的眼光，照亮了
我们这时代人类的种种问题。"而由他所著的哲学随笔《西西弗神
话》，正记录了他对人生价值的深度思考。
　　书中，主人公西西弗因违抗诸神的旨意，被罚推一块巨石上山
顶。由于巨石太重，到达山顶后马上又会滚落到山脚。于是西西弗
只能一次又一次地重新把巨石推到山顶，永无止境。面对如此荒谬

的工作，加缪却认为：西西弗是幸福的。

他的幸福就在于，在重复而无望的生活中不断"微雕"自己，从而找到了人生的意义。

📚 人生的每一个瞬间，都是独特的重复

"起床，有轨电车，办公或打工四小时，吃饭，有轨电车，又是四小时工作，吃饭，睡觉；星期一、星期二、星期三、星期四、星期五，同一个节奏，循此下去，大部分时间轻便易过。不过有一天，为什么的疑问油然而生，于是一切就在这种略带惊讶的百无聊赖中开始了。"这是《西西弗神话》中的一段话。生活中的我们，是否也是这么度过每一天的呢？日复一日地重复着昨天熟悉的工作，熟悉的日常，似乎不用怎么动脑就能应付。总以为忙过了这阵就好了，总以为等还完房贷就好了，总以为等退休了就有时间了……

然而，生活是一条无止境的河流，迈过了这道坎还会有别的坎在等着。生活就这样一直向前，大部分时候是不悲不喜、不紧不慢地平凡着、忙碌着……其实，我们每个人都是推石上山的西西弗。偶尔回首会感叹：怎么自己一直在重复着昨天？可就像周国平说的那样："人生的每一个瞬间，都是独特的重复。"看似每天重复的日子，其实是有细微差别的，就像世上没有完全一样的两片叶子，人生中也没有完全相同的两天。

回到西西弗的故事，诸神认为再也没有比无用又无望的劳动更

为可怕的惩罚了。然而这惩罚并没有困住西西弗，反而锻炼了他的体能，磨炼了他的心志。

他想他的命运是属于他的，巨石也是属于他的，他坚信可以主宰自己的命运。拼搏的过程，足以充实内心。西西弗在一天天重复推石上山的过程中，身体变得健壮，肌肉变得发达。

人在不同的瞬间，心境是不一样的，所以即使是重复也可以是不一样的。如果以成长的心态对待每一份重复，就会获得前行的力量。每一天，都可以是新的一天。

生命的意义，就是生命本身

加缪说："人生是荒诞的，本来就没有意义。生存本身就是对荒诞最有力的反抗。"

书中，西西弗无休无止地推石上山，他深知无论自己多么努力地推石，石头还是会滚落下来。但他没有逃避，他选择通过自己的行动来对抗荒谬。

在如此努力拼搏的西西弗面前，诸神是失败的，整个荒诞的世界也是失败的。心存蔑视，没有征服不了的命运。这是西西弗的生活，也是加缪的写照，他的一生就是与荒诞对抗的一生。

加缪的父亲在他未满一周岁时，就在战场上身亡了。加缪的母亲天生耳聋，言语不清，眼神忧郁，为了养家糊口四处打零工。外祖母粗暴、专横，且时常喜怒无常，不时鞭打加缪。加缪从小便和家人挤在一间狭小的居室里。

年少时，加缪是校足球队的门将，后因得了肺结核，不得不与热爱的足球道别。加缪从小尝尽了生活的艰辛，后来长大后，又被沦为"瘾君子"的妻子背叛，他多次想拯救对方，可最终却白费功夫。

这一切苦难没能阻止加缪从生活中汲取养料，反而激发出他对人性深刻的洞察力和对文学的激情。在短暂的一生中，他写出了多部巨作，深深地影响着世人。

也许生活中的我们终其一生也成为不了某某家或某某伟人，但是谁说平凡就不可以活出自己的风采呢？正所谓苔花如米小，也可以学牡丹开。

只要自己是认可自己的，向着阳光，迎着雨露，向上生长，努力绽放，谁也无法阻挡你成为更好的自己，除了你自己。活着本身就是意义，或许，平凡才是人生唯一的答案。

📚 追逐的过程，就是人生的意义

面对不断滚落的巨石，面对无望荒诞的生活，西西弗并不感到绝望。因为他决定享受推石的过程，他认为每次推着巨石爬坡都是在实现自己充满激情的生命。在一次次走向山脚的时候，他会欣赏身边的美景，比如广袤的天地、日出日落、花花草草……

人生本无意义，真正的意义是需要每个人各自去赋予的。把看似无意义的生活，过得风生水起，才是本事。古往今来，能参透命运深意的不乏其人。以苏轼为例，他一生颠沛，被贬多次，先后遭遇妻儿病故。命运虽给他以磨难，他却能以乐观的心态处之，饱经风霜的流放之路，反而成就了他的才情和豁达。他被贬最远的一次是到当时的蛮荒之地海南，当年他已经60岁了，即便如此，流放的日子也被他过成了诗。

加缪说："对未来的真正慷慨，是把一切都献给现在。"过去已成定局，未来是由每个当下积累而成的，只有眼前的每分每秒才真正是属于自己的。人生开窍的关键认知，就是长期主义。也许努力了不一定能如愿，但努力的过程就是一种经验的沉淀，它会悄悄地让你变得与众不同。

对抗荒诞，对抗虚无，最好的方法就是让生活变得更丰富、更充实。在重复而忙碌的工作和生活中，努力把每一件事情都尽己所能地做好，努力把每天活得更有烟火气，这就是人生的意义。

好好活在当下，去行动，去热爱，在平凡的生活中活出自我。接受命运的一切馈赠，接受一切风风雨雨，努力追逐的过程，就是人生的意义。

正如加缪所说："重要的不是活着，而是尽可能丰富地生活。"世上只有一种英雄主义，就是看清生活真相后，依然热爱生活。愿你我都能像西西弗一样，忘掉诸神，活出自我。

> 生命好在无意义，才能容我们各赋意义。

如何让梦想与现实握手言和？

——从《麦田里的守望者》中悦纳世界的本来面目

还记得你的青春吗？那些青涩、倔强和疼痛的时光。那些渴望长大，却又害怕长大的日子。人生难免遭遇至暗时刻，但"一个成熟的人会为了某个理由谦恭地活下去"。相信每个孤独的心灵都能从塞林格的名作《麦田里的守望者》中得到治愈。

1946 年底，27 岁的美国青年塞林格从战场退伍，跑到纽约的城外租房，开始了半隐居的生活。望着广袤无垠的田野，他突然下定决心要专心创作。

正是在这里，一个关于青春的故事被付诸笔端。它就是小说《麦田里的守望者》。有人说它是理解年轻人的一把钥匙，也有人说它是中年人寻找知音的一个暗语。

这本书以 16 岁少年霍尔顿·考尔菲德的视角，描写了他被学校开除后，漫无目的地在纽约游荡三天所遭遇的种种事情。初读时，我们或许看到的是主人公年少叛逆下的愤世嫉俗；但只有见识到社会百态后才会顿悟，霍尔顿的迷惘与焦虑，何尝不是每个渴望成长之人必经的过程？

人生中，我们总会面对很多无可奈何或无法改变的事。当你不再执迷于对抗和逃避现实，而是向内洞察，正视当下，尊重并接纳它，才能真正掌控未来的命运。

📚 沉湎于过往的偏见，只会让自己裹足不前

主人公霍尔顿出生在一个富裕的中产阶级家庭，父母把他送进当地有名的贵族学校就读。按理说，霍尔顿遵循父母给他规划的路径，日后或许会大有所为。可谁也想不到，他却成了周围人眼中的"坏孩子"。不但在打扮上特立独行，而且言谈举止也尽显粗俗。更荒唐的是，他故意违反校规，一学期结束后，又因四门功课不及格被学校开除。其实在此之前，他不止一次被开除。

对于大部分学生而言，面对被学校开除这种情况，估计都会不知所措。但霍尔顿不但不在意，甚至还抱着一丝窃喜。或许对当时的他来说，"被开除"仿佛象征着一种胜利。因为他早已厌烦了中学死板的教育和周围假模假式的人，所以不惜用自暴自弃来宣泄不满。

不过，霍尔顿在被开除后并未立即离开学校。他参观完击剑队比赛后，又去找曾经的历史老师斯宾塞老先生道别。老先生担心少

年走弯路，所以特意留纸条要求与他见面。其实，霍尔顿是带着纠结与矛盾来赴约的。他看不惯校长和一些老师，觉得他们道貌岸然、阿谀权贵，但对这位历史老师没太多反感。

当老先生看到霍尔顿对一切不以为意时，还不忘叮嘱他："人生是场球赛，你得遵守规则。"面对老师善意的规劝，霍尔顿嗤之以鼻。他认为自己参加的是竞争实力弱的一队，根本没机会上场。因此他固执地拒绝尝试，蔑视规则。

霍尔顿对世俗荣誉的鄙视，已经根深蒂固。想让他理性客观地审视问题，并非易事。此时，叛逆的少年已经一股脑地扎进自我局限的天地里，并不相信人生是可以通过后天奋斗改变的。

刘擎教授曾说："一个人的判断力总是有限的，因为判断的标准只能来自你的学识、经历、见过的人和遇到的事，它是你经验的汇集和反思。"年少的霍尔顿自认为看清了一些真相，但实际上他只是从自我的主观世界，臆断出他所以为的真相。这种认知偏见支撑起来的虚幻象征，让他无法窥见内心的狭隘，甚至不加以甄别就用自甘堕落来反抗。

霍尔顿像是所有曾经陷入迷茫的少年的缩影，关于未来的答案，我们或许无法在学校的课堂上找到，只有在社会中磨砺久了，才终会明白，真实的世界就是存在险恶和伪善。你亲眼见到的，未必为真。如果继续固执己见，一意孤行，只会让人失去理智和判断力，前方的路，势必会越走越窄。

📚 见识过人性的底色，依旧没有对生活失望

后来，霍尔顿干脆编了个理由，逃离老师家。回宿舍后，他刚要享受一段静谧的时光，这时，一个叫罗伯特·阿克利的家伙过来了。此人很邋遢，经常受人排挤。他还经常不经别人允许就擅自翻看他人的私人物品，这让霍尔顿很反感。可每次阿克利借指甲刀，霍尔顿哪怕刚收好，还是不厌其烦地给他拿。

不久，另一个室友沃德·斯特拉雷德也回来了。这人自命不凡，是学校里的风云人物。他装模作样地跟霍尔顿借约会穿的夹克，谁知，他要见的人竟然是霍尔顿有好感的女孩。不仅如此，斯特拉雷德还大言不惭地让霍尔顿帮忙写作文，霍尔顿听后很生气，但还是答应帮忙。

善良的霍尔顿看似毫不留情地吐槽每个人，实则却真诚关心着他们。可当斯特拉雷德回来，霍尔顿听到他对约会对象极不尊重和轻视时，一时间，愤懑、怀疑、后悔涌上了他的心头。他不愿看到喜欢的女孩被斯特拉雷德玩弄，又痛恨自己的怯懦，于是控制不住地和斯特拉雷德扭打在一起。最终，霍尔顿负了伤。阿克利看到后，竟没有过多关切。就这样，霍尔顿在室友的漠视中，提前离开了学校。

他以为来到纽约，就能消除内心的烦闷，但现实并不如他意。霍尔顿找了间旅馆暂住。没想到，皮条客的反讹诈，让他见识到了世间的丑陋和黑暗。许多陌生人的离谱行为一再颠覆着少年的认知。现实粉碎了他的希望，但霍尔顿依然保持着自己的善良和同情

心。已经为钱发愁的他还为萍水相逢的修女慷慨解囊；每次打车，他都惦念着中央公园的鸭子如何过冬。

改变世界很难，因为我们很容易被环境同化，丧失初心。而霍尔顿历经世俗世故的洗礼，本性依旧和善。他内心对纯净的向往，仿佛一个守护孩童天真的麦田守望者，怀抱着纯真的信念。

如果说自渡是一种能力，那么渡人就是一种价值选择。帮助他人驱散阴霾，亦是善待自己。这种被需要的感觉，是直达心灵深处的慰藉，亦能让灵魂拥有坚实的盔甲。

📚 懂得与当下握手言和，才能找到属于未来的出路

辍学后在纽约四处游荡的霍尔顿过得非常狼狈，但慑于父母的威严，他又不敢提前回家。所以，他约了曾经要好的女友萨莉·海斯看演出。俩人见面时，萨莉打扮得光鲜亮丽，第一幕结束后，她像个交际花一样四处寻找熟人搭讪，遇见认识的人，就装模作样地前去与人攀谈。

霍尔顿受够了萨莉的虚情假意，恨不得快点结束这场约会。谁料，萨莉又提出去滑冰。其实她只是为了展示姣好的身材，霍尔顿又不知如何拒绝。最后，由于俩人的滑冰技术较差，于是找了个地方休憩。

霍尔顿开始跟女友吐露对社会的鄙视、对未来的期盼，他只不

过是希望得到对方认同，以此来证明自己的选择是正确的。可女友并不能理解霍尔顿的挣扎。霍尔顿越说越激动，最后他彻底爆发，和萨莉以分手收场。

此时的少年苦闷又无助，他好像一直在摸索前进，却又找不到归属。霍尔顿迫切地想找个人理解他，给予他指引。可谁都给不了他答案。于是他做了个决定，冒险回家看妹妹菲比。幸好父母外出，霍尔顿才得以顺利溜回家。

面对菲比的责问，霍尔顿瞬间打开了话匣子。他诉说着学校老师的势利、同学间的霸凌，以及他要去西部独自生活的计划。然而聪明的妹妹直接点中了霍尔顿的要害："你对发生的任何事都不喜欢。"一直以来，霍尔顿把不满归咎于外界，却始终没看清自己的内心。

霍尔顿带着妹妹出去玩耍，看着大雨里菲比天真的笑容，他心中的痛苦倏然消逝，仿佛得到了救赎。那一刻，霍尔顿终于觉醒，明白自己唯有回归人生的赛道，与成人世界和解，直面现实的残酷，才能做梦想的事，成为想成为的人。

一个人真正的通透，不过是源于接纳，慧于释然。无论我们经历过怎样痛苦的坚守，生活总能教会我们成熟与臣服。唯有放下执拗，与过往握手言和，才能遇见全新的自己，让生命重新绽放出光彩。

故事的结尾，霍尔顿选择继续上学，不再追求不切实际的理想。其实作者塞林格也是借霍尔顿的经历告诉我们，生活总会抛给人各种各样的难题，重要的是你要学会如何与这个并不美好的现实世界相处。

　　而自我的救赎，命运的嬗变，或许就在我们一念之间。不管经历怎样的颓丧和溃烂，想走出人生的寒潮，就得从内心深处接受它的存在，重新以向上的姿态迎接命运的安排。

　　毕竟，抱怨和逃离，并不能化解眼前的困境与痛楚。唯有向内探寻，才能厘清理想与现实的冲突。悦纳所有的不完美，才能构筑出一条自洽之路。随着生命的脉络逐渐理清，我们才能活出想要的自由。

就算星星碎掉了，溢出来的光也很好看。

如何成为内心强大的人?

——从《追风筝的人》中获得追求心之所向的勇气

"为你,千千万万遍。"这是《追风筝的人》中哈桑对阿米尔的承诺,并且他一生都在奉行此承诺,这句话亦是最后阿米尔对索拉博的承诺。友谊、背叛、赎罪、爱情,这些东西不只在阿富汗发生,也在世界上很多角落上演。而每个人的心里,或许都藏着一只风筝,等待着起飞。

    2005 年,一部现实主义题材的小说横空出世,成为当年的销售黑马,随后畅销全世界,俘获了无数人的心。这本书就是《追风筝的人》,出自美籍阿富汗作家卡勒德·胡赛尼之手。胡赛尼以自己的童年经历为蓝本,向我们讲述了阿富汗少年阿米尔的成长故事。

    读完这个故事你会发现,软弱胆小的阿米尔是现实中很多人的缩影,掩饰过自己,迷失过自己,甚至逃避过自己。而通往强大的路,从来都只有一条,那就是直面自己、认清自己、接纳自己。

📚 直面自己，摆脱别人的期待

阿米尔出生于一个富庶的家庭，从小过着衣食无忧的生活。可在别人看来生活在天堂的他，却一点也不开心，因为他有一个心病：得不到爸爸的关注和肯定。阿米尔知道，爸爸想要的是像他自己一样勇敢、强壮、爱运动的儿子，而自己却胆小、瘦弱、只爱躲在屋子里看书。

一直以来，他努力想活成爸爸期待的样子，但都以失败告终。爸爸报名让他学习踢足球，他即使拼尽全力，也永远抢不到球；爸爸带他看比武大赛，他却被粗鲁的场面吓得号啕大哭……每次爸爸失望的眼神总让阿米尔感觉如芒在背。

不久之后，阿米尔迎来了证明自己的最好机会，那就是拿到风筝大赛的冠军！凭着这股坚定的信念，阿米尔真的坚持到了最后，成功击垮了其他参赛者。只要仆人哈桑把最后掉落的蓝风筝拿到手，冠军这个荣耀就将属于他们。

但追风筝的哈桑迟迟未归，阿米尔出发去寻找他，却看到了惊人一幕：哈桑被堵在小巷子里，被迫面对曾经与他们发生过冲突的阿塞夫一行人。为了捍卫阿米尔的荣誉，哈桑拒绝交出风筝，势单力薄的他即将遭受侵犯。目睹这一切的阿米尔，却转身逃走了。最后，狼狈不堪的哈桑把风筝带了回来。

阿米尔如愿得到了爸爸的赞赏，但这份赞赏将永远掺杂着愧疚与不安。整个童年，阿米尔都活在爸爸的期待里，为了这份期待，他迷失了自我，也背弃了朋友，内心始终得不到快乐和安宁。

杨绛先生曾说:"我们曾经如此期盼外界的认可,到最后才知道,世界是自己的,与他人毫无关系。"生活在人世间,或许每个人都曾为别人而活过。少年时,为父母的期待而活;成人后,为外界的评价而活;婚姻中,为家庭的要求而活。

我们努力活成别人喜欢的样子,却忘记扪心自问:哪个才是真正的自己?是否有那么一刻,只为自己而活?我们终此一生,就是要摆脱他人的期待,找到真正的自己。直面真正的自己,才能打开成长之门。

📚 认清自己,找到人生的意义

阿米尔 18 岁那年,阿富汗战争爆发,爸爸带着阿米尔匆匆逃离。两人几经辗转,历尽磨难,最终成功逃到美国,开始全新的生活,也是从零开始的生活。没了舒适的大别墅,没了尊贵的身份,没了管家的照顾,阿米尔父子一切都要自力更生。

在阿米尔心里,一直记得当年爸爸对朋友拉辛汗说的话:"一个不能为自己挺身而出的孩子,长大以后只能是个懦夫。"他终于意识到,那个要为自己一生负责的人,不是别人,而是自己。

艰苦的生活迫使阿米尔快速成长,他勇敢地为自己做出了人生的两个重大决定。第一个决定,是选择追求自己的梦想。到美国的第二年,阿米尔考上了大学。这一次,他终于不再服从爸爸的期许去读医学院或法学院,而是选择自己喜欢的写作。即使在爸爸看来，这是个"毫无前途"的选择。

第二个决定，是选择坚持自己的爱情。考上大学后，为了生计，阿米尔父子俩到处搜罗旧货，然后到跳蚤市场摆摊销售。就在这里，阿米尔对阿富汗姑娘索拉雅一见钟情。然而，美丽温婉的索拉雅，却因为有过一个前男友而遭人非议。在当时的阿富汗人看来，这是一个未婚姑娘极大的污点。经过一段时间的相处，阿米尔决定遵从自己的内心：请求爸爸帮他向索拉雅家求亲。看着儿子终于成长为勇敢的人，爸爸露出了欣慰的笑容。从终身职业到终身伴侣，阿米尔终于不再活在他人的期待中，而是勇敢看清内心，为自己而活。

席慕蓉曾感叹道："我总觉得，生命本身应当有一种意义，我们绝不是白白来一场的。"认清自己的内心，找到生命的意义，是每个人的终身课题。

而我们能给出的最好答案，便是为自己挺身而出，勇敢地做出忠于自己的选择。正如电影《无问西东》里的那句台词：爱你所爱，行你所行，听从你心，无问西东。

📚 接纳自己，走向真正的强大

"许多年过去了，人们说陈年旧事可以被埋葬，然而我终于明白这是错的，因为往事会自行爬上来。回首前尘，我意识到在过去二十六年里，自己始终在窥视着那荒芜的小径。"这是故事一开始阿米尔的自述，也是他深藏多年的心结。管家的儿子哈桑，是阿米尔从小的玩伴。哈桑虽然是仆人，但他善良、强壮、阳光，总是得到爸爸的赞赏。尽管哈桑对阿米尔无比忠诚，但阿米尔却无法控制自己对哈桑的嫉妒。

在风筝大赛的时候，懦弱自私的阿米尔抛下了深陷险境的哈桑。这件事成了阿米尔心里一根拔不掉的刺。后来，阿米尔为了逃避内心的煎熬，构陷哈桑偷了自己的东西，赶走了哈桑父子。

许多年过去了，阿米尔有了全新的生活。就在这时，父亲的朋友拉辛汗打来电话，要求阿米尔回到阿富汗，营救哈桑的独子索拉博。这次，阿米尔终于不再逃避。然而，当他匆匆赶到阿富汗的时候，索拉博已经被人从孤儿院带走了。万万没想到，带走他的居然是阿塞夫。童年的噩梦再一次重现，这次独自站在阿塞夫面前的是自己。

阿米尔拼死抵抗，但他手无缚鸡之力，节节败退。在难忍的疼痛中，阿米尔却高声大笑。

扎在心头的那根刺被勇气包裹，这些必流的鲜血，是为索拉博，是为被抛弃过的哈桑，也是为过去卑劣的自己。与过去的自己和解之后，阿米尔终于迎来了真正的新生。

每个人都曾有自己的至暗时刻：该忠诚却背叛的那瞬间，该勇敢却退缩的那瞬间，能竭力避免却无可挽回的那瞬间。那些被时光掩埋的痛苦，从来不曾消失，随时伺机突袭。

《也许你该找个人聊聊》一书里说："你没办法逃避痛苦，只能承认。承认本身，就是最隐蔽也是最关键的改变。"面对煎熬的时候，逃避是每个人的本能。但是逃避永远解决不了任何问题。承认自己的怯懦与卑劣，接纳自己的错误和痛苦，才能走向真正的强大。

心理学家卡尔·荣格曾说："人们会想尽办法，各种荒谬的办法，来避免面对自己的灵魂。"直面真实的自我不是一件易事，多少人终其一生都在自欺欺人。而一个人真正的强大，是直面自己后，还勇于认清自己，敢于接纳自己。

"做自己"三个字，不仅仅代表摆脱他人的期待，找到心之所向，更代表正视内心的黑暗，与自己握手言和。愿我们都能鼓起勇气做自己，昂首阔步向未来。

悲喜都自渡，你才是自己的救赎。

如何在复杂的世界里保持清醒？
——从《德米安》中获得精神的觉醒

曾以为，只要解决了一个问题，化解了一个矛盾，突破了一个瓶颈，就能万事大吉。殊不知，在人生的每一个阶段，都会遇到不同的挑战和艰难。如何走出迷茫与困惑？如何跨越现实的藩篱？读完《德米安》，或许你能对自己的人生多一分理解与开悟，从而获得心灵的疗愈。

1919 年，小说《德米安》在德国横空出世，掀起了抢购热潮，两年内重版了 16 次。但作者"辛克莱"却默默无闻，无人知晓其为何人。直到 1921 年，小说荣获冯塔纳文学奖，作者赫尔曼·黑塞才浮出了水面。彼时的黑塞，正在痛苦中挣扎，面临家庭破碎、疾病缠身、茕茕孑立的困境。

《德米安》是黑塞心路历程的写照，是他对自己的疗愈，也是对世人的救赎。小说讲述少年辛克莱寻找自我的艰辛历程，德米安则是指引他走出彷徨的引路人，并以不同的身份出现。

正如书中首页写的："我所渴求的，无非是试着依我自发的本性去生活。为何如此之难？"通向自我的路是最艰难的路，自我觉醒，是人生最大的修行。

📚 真实的世界，是善恶并存

主人公辛克莱是个 10 岁的男孩，自小家境优渥，拥有温情脉脉的亲情、温文尔雅的礼仪和美好有序的生活。他就读于拉丁语学校，同学多是上流社会子弟。但是，他常常觉得身边有两个世界，如同昼夜相融。另一个截然不同的世界属于仆人及底层民众，喧嚣纷乱、残暴粗俗。

有一天，他不幸撞进了这个黑暗的世界。一个下午，他和两个同伴闲逛，13 岁的高大男孩克罗默要求他加入他们的小团体。克罗默是公立学校的学生，酒鬼裁缝的儿子，辛克莱并不情愿，但不敢拒绝。

他们来到河边的桥洞，克罗默下令让他们搜寻有用的物品交给他，他们都乖乖照办。然后，男孩们纷纷吹嘘自己的英雄行径。辛克莱出于恐惧，编造了一个故事，说自己偷了磨坊果园的苹果。因此，克罗默威胁辛克莱，否则就向果园主人告密，除非他给自己两马克。

辛克莱没有钱，只好偷家里存钱罐里的钱，但远远不够。他不得不接受克罗默的随时羞辱，违心地帮他做各种事情。从此，他生活在克罗默的噩梦中，每天战战兢兢，心力交瘁。

长期以来，辛克莱犹如温室的花朵，在父母的保护下无忧无虑，他的世界光明而善良。可是，一场突如其来的霸凌，淋漓尽致地揭开了世界的黑暗与恶意，他茫然无措。他想对父母坦白自己受到的伤害，却有口难开。

生活如同一条静静流淌的河流，表面风平浪静，其实暗流涌动。真实的世界不如童话世界那般美好，也从来不是非黑即白，而是善恶并存。有人一心向善，追求大公无私，也有人作恶多端，自私自利；有人胸怀坦荡，做事光明磊落，也有人心胸狭隘，喜欢两面三刀；有人温文尔雅，犹如春风拂面，也有人粗俗野蛮，恰似骤雨突袭。

其实，我们每个人身上也是既有善，也有恶。我们无法逃避世界的黑暗，去追求世界的完美。唯一能做的就是在看清世界的恶之后，依然坚定地拥抱善；在接纳世界的多面性后，勇敢地踏上寻找自我的旅途。

唯一的真理，是倾听自己

不久后，学校来了个插班生德米安，他与众不同，引人注目，他比辛克莱高一个年级。

有一次，德米安和辛克莱所在的班级一起上课，老师讲述经典书籍中的一个故事，故事中的哥哥杀死了弟弟，因此臭名昭著。

放学路上，德米安却说，这个故事可以另作解释：哥哥卓越超群，人们嫉贤妒能，才编造谣言，让他声名狼藉。哥哥是英雄，弟弟是懦夫，哥哥及其后裔都拥有异于常人的"记号"，这个记号是强者打败弱者的一枚勋章。

这惊世骇俗的观念令辛克莱大为震惊、匪夷所思，同时也在他平静的心里激起了浪花。他开始深思其他的故事。之后，德米安发现了辛克莱对克罗默的恐惧，他说："如果一个人害怕某人，就会将此人的权力置身于自身之上。"他不动声色地出面解决了克罗默和辛克莱的问题。克罗默不仅没有继续纠缠，而且看到辛克莱都大惊失色，掉头就走。辛克莱也向父母进行了忏悔，又重回光明。

后来，辛克莱和德米安一起上坚信礼课，在德米安的引导下，辛克莱开始质疑神父的看法。可以说，德米安不仅将辛克莱救出了沼泽地，而且带他走上了质疑真理和权威、探寻知识和自我的起点。

世上没有绝对的真理，人生没有理想的模板，幸福也没有统一的标准。你可以好好读书，上名牌大学，也可以学习一技之长，发展自己的兴趣爱好；你可以选择富有挑战且高薪的工作，也可以选择收入一般但安稳的工作，还可以勇敢冒险、自己创业；你可以按部就班的结婚生子，也可以做一个自由快乐的单身贵族。

做什么不重要，关键是拥有自己的选择权，拥有独立思考的能力。每个人出生的时候都是原创，可悲的是许多人渐渐活成了盗版。自我意识的觉醒，从质疑观念开始。敢于质疑陈旧的观念，

不随波逐流、人云亦云。学会倾听自己的声音，找到属于自己的
答案。

📚 真正的救赎，是自我觉醒

后来，辛克莱独自去另一座城市读书。起初他是一个不受欢迎
的胆小鬼，后来结识了学校最年长的学生贝克。在贝克的带领下，
辛克莱迅速堕落迷失，终日混迹酒馆，寻欢作乐，并成了一群混混
的头领。学校的开除警告，父母的责骂失望，他都无动于衷。

直到有一天，辛克莱对女孩贝雅特丽齐一见钟情。虽然他俩从
未交往，但在一天之内他就决定痛改前非。他又爱上了读书和绘
画，享受孤独和安宁。

18 岁时，辛克莱上了大学，遇到了管风琴师皮斯托琉斯。皮斯
托琉斯教会他不必自责与众不同，而要勇敢地面对自我。一段和谐
的陪伴之后，他们渐行渐远，辛克莱超越了领路人，继续独自前行。

后来，辛克莱又遇到了德米安及其母亲夏娃夫人。夏娃夫人一
度是他的精神导师和梦中情人，引领他完成了内外统一的自我发展
过程。战争爆发后，德米安和辛克莱都上了战场。辛克莱在一次受
伤昏迷中，德米安向他临终告别，表示以后不能再帮他对付克罗默
之类的人了，他必须倾听心底的声音。

辛克莱突然醒悟，一路走来，引路人是德米安，更是自己。在
辛克莱彷徨成长的路上，"德米安"以不同的身份面目出现，是德

米安，也是贝雅特丽齐、皮斯托琉斯、夏娃夫人……但最终，变成了辛克莱自己。德米安是辛克莱的另一个"自我"，引领他不断地寻找真正的自我，走向觉醒。

人生路上，总会出现一些引路人为我们拨开迷雾，指点迷津。但是只有自己觉悟，才会真正发挥作用。而且没有人是你永远的保护伞，也没有人是你一生的引路人。父母、师长、朋友都只能帮你一时，不能帮你一世。

过于依赖他人，很难过好自己的人生。我们每个人都是自己的"德米安"，想要跨越人生的河流，真正的摆渡人是自己，而不是别人。只有自我觉醒，才是真正的成长。

在人生的成长之路上，每个人也都是"辛克莱"，都曾有过彷徨和迷茫。在每个人的生命中，也都会遇见一个或者几个"德米安"，曾在某个阶段陪伴你。但是最终，我们都要找到属于自己的路，独自行走。

而寻找自己的路的过程中，必然伴随着打破种种桎梏与局限的痛苦和挣扎。正如书中所言："鸟奋争出壳，蛋就是世界。谁若要诞生，就必须毁掉世界。"要么在狭小的蛋内做一只安逸的小鸟儿，要么奋争出壳。愿你是后者，奋争出壳后，展翅高空，自由飞翔。

他们试图把你埋了，但你要记得你是种子。

我们该如何面对死亡?
——从《相约星期二》中学会爱与道别

生而为人,终有一死。重要的是你能否让自己不留遗憾,与世界好好告别。"一旦你学会了怎样去死,你也就学会了怎样去活。"如果你对人生有很多困惑,或许可以在《相约星期二》这本书中找到答案。

作家余秋雨说:"我曾设想过,什么样的人谈人生才合适。想来想去,应该是一位老人,不必非常成功,却一生大节无亏,受人尊敬,而且很抱歉,更希望是来日无多的老人。"

他口中的这位老人,正是自传体纪实小说《相约星期二》中的主人公莫里·施瓦茨。1994 年,古稀之年的社会心理学教授莫里不幸罹患绝症。莫里早年的得意门生——作家米奇·阿尔博姆,和他约定每周二都上门聆听他的教诲,并将他的醒世箴言整理成书,帮助无数人走出了对生的迷茫,以及对死的恐惧。

正如书中所说："一旦你学会了怎样去死，你也就学会了怎样去活。"生而为人，终有一死。重要的是你能否让自己不留遗憾，与世界好好告别。

📚 过度畏惧死亡，比死亡本身更可怕

1976 年的春天，米奇成为教授莫里的学生。两人一见如故，既是相互尊重的师生，也是兴趣相投的忘年交，结下了深厚的情谊。米奇答应莫里，毕业后会与他保持联系，可他并未信守承诺。

当时，米奇梦想成为音乐家，并不断向各大乐队、经纪人推荐自己，却屡屡碰壁，一事无成。在最为绝望之际，他最亲近、最敬佩的舅舅，年仅 44 岁就患上了无法医治的胰腺癌。亲眼看着舅舅日益消瘦、全身浮肿、整夜受罪，痛到整个人变形，米奇感受到了前所未有的恐惧。他这才明白，在死亡面前，一个人有多么无能为力。

米奇放弃了音乐梦想，回到学校读完了新闻学硕士，并找到了一份体育记者的工作。他一边给报纸和专栏撰稿，一边担任电视评论员，夜以继日、没有节制地工作着，仿佛一台持续运转的机器。他几乎没有休息时间，吃饭、开车的时候都在谈公事，他还一次次推迟与妻子生儿育女的计划，当年对莫里许下的诺言，也早已被他抛之脑后。

可他如此卖命，并非是为了赚钱，而是出于内心的惶恐不安。尤其是弟弟患上与舅舅一样的癌症后，他愈发担心自己哪天也会突

然离世，害怕自己的生命归为虚无。因此，他企图用金钱、地位和名望来证明自己，主宰自己。

然而，巨大的压力使他精神紧绷、筋疲力尽，丝毫感受不到生活的乐趣。明明身在人间，他的心却跌入了自己亲手打造的地狱。

其实，米奇的痛苦和迷茫，来源于他对死亡的恐惧和无知。他不明白，死亡本就是生命的一部分，盲目对抗必然的死亡，不敢正视内心的恐惧，余生只会徒留折磨与煎熬。

墨西哥作家卡洛斯·富恩特斯说："生命在前进的同时，它就是在走向死亡。"人生就是一场通往终结的旅程，无论我们如何精心谋划，都抵不过死神的突袭。但我们应该恐惧的不是死亡，而是从未真正地活过。不必惶恐，也不要逃避，在有限的时间里，你从容度过的每个瞬间，就是生命赐予你最大的奖赏。

坦然接纳死亡，才能活好当下

在与米奇失去联系的第 15 年，一直牵挂他的教授莫里，不幸患上了肌萎缩性侧索硬化症（ALS），一种无法医治的神经系统疾病。

确诊之初，莫里感到震惊与绝望，觉得自己好像掉入了一个深不见底的洞穴。随着疼痛、行动不便等问题的到来，他才慢慢接纳了自己即将死去的事实。他问自己：我是就这样听天由命枯竭下去直到消亡？还是不虚度剩下的时光？

一番思索后，他不甘枯竭而死，决定勇敢地走上那座连接生与死的桥梁。在疾病的侵蚀下，他渐渐虚弱，从不能开车，不能行走，到生活无法自理，需要护工 24 小时贴身照料。大多数人会因此感到难堪，他却丝毫没有自哀自怜，而是把自己当成婴儿一样，试着享受他人的照顾。

他也不愿留下遗憾，坚持要在他人的搀扶下，亲自去学校与学生们道别。他还提前举办了一场"活人葬礼"，邀请自己挚爱的亲友们参加。葬礼上，每个人都向他致以情真意切的悼词，大家又哭又笑，相互拥抱，留下了温馨又难忘的回忆。

预感到自己只有不到一年的生命时，莫里做出了一个大胆的决定：把死亡当成最后一门课程，让旁人从自己走向死亡的过程中，学到一些有意义的东西。为此，他接受了电视节目的邀请，让镜头记录下自己躺在病床上的模样，并讲述了自己患病后的心路历程。

莫里的无畏与平和，鼓舞了很多笼罩在死亡阴影下的陌生人。他们纷纷给莫里写信，向他诉说烦恼，找他咨询困惑，更多的是对他表达感激。在死神的追赶下，莫里不慌不忙地保持着自己的生活节奏，让生命的尽头充满了乐趣，洋溢着希望。

史蒂夫·乔布斯曾说："死的意义就在于让我们知道生的可贵。一个人只有在认识到自己生命有限的时候，才会开始思考生命，从而大彻大悟。"怎么生，如何死，也许早已命中注定，但我们可以主宰贯穿其间的活法。

直面失去的恐惧，畅快自在地享受当下；接纳落幕的遗憾，坦然从容地挥手告别。即使死亡如影随形，依旧能把日子过得热气腾腾的人，是了不起的。

📚 学会爱与告别，是人一生的修行

时隔多年，米奇偶然在电视上看到了莫里的节目，得知他即将不久于人世。伤心之余，他决定放下一切陪伴莫里，成为他最后一堂课的学生，与他一起完成"死亡"这篇论文。

米奇和莫里约定好，每周二准时到莫里家中，倾听他对生与死的看法。为了便于沟通，米奇还列出清单，写下了自己好奇的问题，包括死亡、恐惧、衰老、婚姻、家庭、有意义的人生等。而莫里仅用短短六个字，就解答了他对人生的种种困惑：相爱或者死亡。

莫里8岁丧母，对母亲的记忆少得可怜。他试图从父亲那里了解母亲的过往，父亲却始终沉浸在丧妻之痛中，不许莫里提起死去的母亲，也不愿和儿子莫里有情感的交流，导致父子关系疏离。直到父亲突发心脏病去世，他都没对莫里说过"我爱你"，更没有拥抱、亲吻过他。这令莫里深感遗憾，也让他明白了一个道理，人生最重要的是学会如何施爱于人，并去接受爱。

从那以后，他将人生的重心，都放在了爱人与被爱之中。在学校，他平易近人，友好地与学生们互动，跟学生们建立起了长久而亲密的关系。回到家，他和蔼可亲，从不吝于关心自己的家人，跟孩子们像朋友一样相处。社交场合上，他也乐于充当倾听者，积极地为朋友们排忧解难。

更重要的是，他爱自己、爱生活，跟喜欢的人吃一顿美食、伴着动听的音乐跳一场舞，都会让他觉得充实而满足。正是源源不断的爱的力量，赋予了他面对死亡的勇气。他深信：死亡终结了生命，却不能终结感情的联系。

在莫里的影响下，米奇不再自我封闭，开始试着关心患癌症的弟弟，腾出时间陪伴妻子和父母。当他把所有对死亡的恐惧，都转化为对活着的热情时，才真正体会到了生命的美好。

莫里在书中反复强调："死亡跟生命一样自然，它是我们生活的一部分。而爱是永恒的感情，即使你离开人世，你也活在人们心中。"当一个人学会爱与被爱，不留遗憾地度过当下，无论生命何时终结，都不会感到遗憾和痛苦。

人这一辈子，除了爱与死亡，任何东西都是不确定的。你若把命运寄托于外物，便如海上漂浮的一叶扁舟，经不起一丝一毫的波动。只有付出爱，接受爱，享受清风与明月，也不惧死亡的暗礁，才不枉来世间走一遭。

心理学大师 M.斯科特·派克评价《相约星期二》："是一部满怀爱意写就的作品，以杰出的清醒和智慧，呈现了复杂人生单纯的一面。"一个人从生到死之间，充满了令人不安的未知数，也藏着无数令人惊喜的可能性。关键就在于，你究竟要选择如何生活。

就像作家萧红所说："我不能决定怎么生，怎么死。但我可以决定怎样爱，怎样活。"积极去做想做的事，用心珍惜身边的人，你来过，你爱过，你享受过世间丰盈，此生便无怨无悔。

死亡不是失去生命，而是走出时间。

如何获得内心的秩序感？

——从《罪与罚》中洞察善恶的边界与人性的真相

杀死一个恶人是犯罪吗？

逃脱了法律的制裁就可以坦然生活吗？

评判这世界善恶的准则到底是什么？

在《罪与罚》这本书里，陀思妥耶夫斯基看似在剖析书中人物的人性，实则也在叩问读者的内心。读罢掩卷，才发现我们终其一生，都是在与人性较量。

人们在评价鲁迅的小说时，总离不开"笔锋犀利，言辞尖锐，写尽人性的幽微"，可鲁迅自己却说："要将现在中国人的东西和外国的东西比较起来，像陀思妥耶夫斯基的《罪与罚》，对比起来，真是望尘莫及。"诚如陀翁自己所说："《罪与罚》是一起犯罪行为的心理分析报道。"

书中讲述了贫困大学生拉斯科尔尼科夫冲动杀人后，受到良心与道德的惩罚，历经痛苦与孤独的内心煎熬，最终在妓女索尼娅的感召下，获得救赎的故事。

初读《罪与罚》，看到的只是陀翁构建的一幅城市贫民生活的悲惨画卷，让人哀其不幸，悲其无奈。再次读完这个故事，却从中看到了不同的现实，自我反思后，才幡然醒悟：每个人都游走在人性的刀刃上，小心翼翼地过着不长不短的一生。

📚 善恶之间仅隔着一条细细的红线

村上春树曾说过："善恶并不是一成不变的东西，而是不断改变所处的场所和立场，平衡本身就是善。"可是，在贫穷面前，拉斯科尔尼科夫失去了平衡。

他原本是一名法律系的大学生，却因为家境贫寒，交不起学费而中途辍学。雪上加霜的是，他还得整日想尽办法躲避着催租的女房东。无奈之下，他只得将父亲留下来的遗物抵押给放高利贷的老太婆。

老太婆天生长着一对势利眼，经常刁难穷人。她不仅故意压低物品的价格，还苛刻地说，只要押期一过，东西就归她所有，丝毫不讲情面。老太婆的刻薄瞬间点燃了拉斯科尔尼科夫心中的怒火，让他萌生了杀人的念头。

回家途中，他在小饭馆里听到人家在谈论老太婆的种种恶行。他越发觉得老太婆不过是有害的虱子，自己杀了她也是为民除害，算是做了一件好事。很快，他就付诸行动了。

某天，他跑到老太婆的家中，将她砍死。没想到，这一切恰巧被老太婆的妹妹看到。拉斯科尔尼科夫怕事情败露，索性把她也杀害了。紧接着，他跑到老太婆房里，拿走抽屉里值钱的东西，仓皇逃离了现场。

毛姆曾说："卑鄙与高尚，邪恶与善良，仇恨与热爱，可以并存于同一颗心灵中。"很多时候，人性是复杂的。残忍、自大、伪善……都是人性的漏洞，稍不注意，就会深陷其中。为了生存，人们常常会不自觉地权衡利弊得失；为了实现自身利益的最大化，难免要面对善与恶的抉择。如果任由心中的恶肆意蔓延，我们就会丧失理智，甚至有可能犯下不可挽回的错误，最终失去一切。尽己所能远离恶，趋近善，人生才不会轻易滑坡。

人终其一生都在为良知买单

有句话很符合拉斯科尔尼科夫杀人后的心境："良知一旦苏醒，人就再难装睡。""罪"所带来的"罚"正在一点点地吞噬着他。

行凶后，拉斯科尔尼科夫就得了热病，连续高烧，昏迷了三天三夜。恐慌与敏感杂糅在他的脑海，使他的神经高度紧绷，整个人变得歇斯底里。

有一天，他听说警局送来传票时，以为东窗事发，惊出了一身冷汗。他战战兢兢地来到警局后，才知道原来只是女房东向他追索欠款。

刚想松口气，他却听见有人在议论杀人案，被吓得当场晕倒。随后，他急忙跑回家，将老太婆的钱包和首饰埋在了人迹罕至的地方，以销毁罪证。不仅如此，每次在与警察周旋时，他都如履薄冰，生怕露出马脚。

然而，他还是过不了自己心里的那一关。他不止一次地向警员暗示自己是凶手。还神经质地跑到作案现场，拉响了老太婆房间的门铃，甚至故意问工人："血没有了？"

他的异常行为果然引起了警察的注意，警察开始对他步步紧逼，可是苦于没有证据，无法将他缉拿归案。

就在拉斯科尔尼科夫进退两难之际，案件出现了反转。一位油漆匠捡到了老太婆的首饰，将其拿去抵押后，被人举报，因而成了警察的怀疑对象。没过多久，油漆匠就向警察招供，承认自己是凶手，拉斯科尔尼科夫因此逃过一劫。

只是拉斯科尔尼科夫骗得了别人，却终究骗不了自己。虽然逃过了法律的制裁，却无法摆脱良知的责难。

古印度的梵文中有句话，寓意深远："伟人的行动之所以成功，与其说凭借其行动的手段，不如说凭借他心灵的纯粹。"有时候，人一旦陷入困境，明知做法不对，也会安慰自己："稍稍越线应该没问题吧！"于是，不知不觉就做了坏事。甚至在极端的情况下，还会自欺欺人："只要结果是好的，就可以不择手段。"然后，继续若无其事地为非作歹。

做任何事情，都要对得起自己的良知，做到无愧于心。如果为了一己之私，丢了底线，必然会自食恶果。

爱是苦难中最好的解药

良心的惩罚，让拉斯科尔尼科夫的内心成了永不安宁的战场。他无法再承受这样的痛苦，于是，他将这一切都告诉了同样置身黑暗的妓女索尼娅。

大仲马曾说过："痛苦的经历一旦有人分担，痛苦就减少了一半。"然而，拉斯科尔尼科夫的另一半痛苦，仍无处安放。

索尼娅心里明白，如果拉斯科尔尼科夫不去面对自己的"罪"，他这辈子都会活在"罚"的阴影中，无法安心过日子。于是，在索尼娅的劝解下，拉斯科尔尼科夫决定去自首。

在法庭上，他对自己的罪行供认不讳，还详细讲述了谋杀的过程。令人惊讶的是，他竟然对自己盗走多少财物一无所知。最终，法官认定他是冲动杀人而且主动自首，所以对他从轻量刑，判他去西伯利亚服苦役。

善良的索尼娅一路跟随，并且居住在监狱附近照顾他。起初，拉斯科尔尼科夫总是一言不发，如同没有灵魂的丧尸，整天只知道机械地劳动。

每次索尼娅来探望他，告诉他家中的情况，他也无动于衷，甚至用傲慢粗鲁的态度对待索尼娅。直到有一天，他发现索尼娅好久没来探视，这让他惶惶不可终日。他心急如焚地派人打听她的消息，得知她只是感冒了，才放下心来。

后来，当病愈的索尼娅出现时，拉斯科尔尼科夫终于哭着搂住了她的膝头。他的心曾被苦难的风沙掩埋，是索尼娅的爱吹散了一粒粒沙子，让它重见光明，焕发生机。书中这样写道："爱，使他们复活了，彼此的心，都为对方蕴藏了滋润心田且取之不尽的生命源泉。"

行走于人世间，孤独似乎是每个人都曾有过的经历。很多时候，人们以为的孤独只是一个人形单影只地生活。殊不知，最让人难以承受的孤独，莫过于灵魂的无处寄托。

一个人愈是感觉孤独，便愈是怀有强烈的爱之渴望。若能遇到心灵契合的人，为你拂去心上的尘埃，成为你余生坚实的依靠，生活便会焕然一新。

雨果的《悲惨世界》中有句话，让人印象深刻："人生最大的幸福，就是确信有人爱你，有人因为你是你而爱你，或更确切地说，尽管你是你，有人仍然爱你。"在这个世界上，爱你的人，会成为你永恒的慰藉；真正的爱，是苦难中最好的解药。

《罪与罚》的故事，从疯狂和挣扎开始，以救赎和复活结束。细细品味拉斯科尔尼科夫的一生，才发现映射出的是每个人内心可能面临的深渊。

无论身处什么时代，无论面对什么样的痛苦，爱始终是亘古长明的灯塔，是我们生命的源泉。当你误入歧途时，它会将你从地狱中拉回来；当你遭受生活的暴击时，它会抚平你心里的伤痕。在历尽人间困苦后，爱是让人仍能心向光明的力量。

这个世界上有两样东西，你一定不要去深究，更不能去直视它，一个是耀眼的太阳，另一个就是人心。

如何顺利走出人生的困境？
——从《我与地坛》中获得的生存哲学

也许你正值家庭美满，却被病魔缠绕；也许你用心工作，却遭遇行业消失；也许你每天起早贪黑，却始终还不起房贷……我们这一生，难免要与悲痛相随。如果你觉得人生痛苦无望，请读读史铁生的《我与地坛》。

有很多人，因为生活不顺而陷入愁苦绝望的困境，他们去到史铁生笔下的地坛，期望找到摆脱苦难的解药。史铁生看向一双双焦灼而充满期待的眼睛，微微含笑："我已不在地坛，地坛在我。"

曾经，史铁生把面对人生苦难时无处安放的煎熬、焦灼与困境投射给了地坛，地坛像是一个具象化的内心牢笼。与地坛相守15年，史铁生在地坛寻找安静、获取能量，找到活下去的希望。当他摆脱并超越了重重苦难后，地坛也早已幻化成他心中的精神图腾。

所以，他把这生存与勇气的图腾写进《我与地坛》，恰是在告诉我们，真正的地坛不在别处，就在你我心中。每当面临困境，我们往往把希望寄托于外界，向外找寻力量支撑。殊不知，只有内心的觉醒，才会给人生清醒的引导。

真正读懂《我与地坛》才明白，越过内心那座山，便是重生。

苦难是常态，而受害者的心态可以选择

英国作家阿兰·德波顿曾说："一切人生都是艰难的，而其中有些得以实现完美，是对痛苦的态度使然。"人生在世，免不了遭遇困境，有人沉沦于悲苦中不能自拔，而有人撕裂痛苦后涅槃重生。是做受害者，还是做幸存者，选择由你。

史铁生并非天生残疾，少年时他体格健全，曾是驰骋赛场的运动健将。21岁时，命运重锤于他，一场重病后，他的下肢彻底瘫痪。从此，史铁生的余生永远被轮椅囚禁。

瘫痪后，他找不到工作，也找不到出路，把自己视为世界的弃儿。一时间难以接受失去和变故，史铁生愤恨老天不公，为什么降厄运于他？他甚至一心求死来逃避现实，三次自杀未果。母亲后怕不已，从此把他看护得更紧了，甚至寸步不敢离身。他却把母亲的关切照料当作一种耻辱，冷漠暴躁地抗拒和排斥着。

终于有一天，他发了疯一样地离开家。他负气而又吃力地挪动着轮椅，把自己带进了一处荒芜的园子，这处园子便是他宿命中的地坛。史铁生不想被任何人看见，于是一个人躲在园子的角落里，

悄悄藏起来舔舐伤口。只有地坛，看见并包容着他所有无处释放的痛苦。

后来，他经常一个人去到园子，或坐在树下默想，或摇着轮椅慢慢移动。他从剥蚀了的朱红，坍圮了的雕栏里窥探出地坛曾经的昌荣，也从苍劲挺拔的古柏和竞相生长的草木间照见了生命的真实。他慨然叹息："地坛荒芜但不荒废。"

由此他联想到自己，身体残缺了并不可怕，最怕的是心中没了生机，于是豁然了悟：死不是一件急于求成的事，而是一个必然会到来的节日。在地坛的启示下，史铁生选择了向死而生，决定带着残缺坦然面对和拥抱苦难的一生。

人生的苦楚，不是来自现实，而是源于对现实的不满与抗拒。心理学家艾格拉曾说过："可怕的事情发生之时，人们就像坠入了地狱。但这些具有毁灭性的经历也是重新组织自己的机会，让我们决定想要过怎样的生活。"被命运钦点的苦难，我们无法选择又无力改变，但我们可以选择的是以何种心态回应苦难。

如果一味怨恨和抗拒，就会困在受害者的心牢里，成为命运的傀儡；而如果你不向命运认怂，那就以无所谓又无所畏的心态，换种更好的方式，做出改变。

救赎之道在心中，我们的内心可以描绘和引导人生的走向。

接受生命的恩典，与自己和解

人在低谷时，自渡是最好的解药。自渡不是仅凭意念自我安慰，更要用行动自我担当。远离自暴自弃，学会自强自立。

起初，史铁生是为逃避现实躲进地坛。地坛像挚友，收留了魂无归依的他，为他消解绝望，也让他重拾信心。在地坛，找回自己的史铁生放下寻死的念头，开始为活下去做打算。

母亲跑遍劳动局为他求来一份工作。史铁生不忍再辜负母亲的苦心，便去工厂做临时工，和孤寡老人、残疾人一起糊纸盒画扇面，这份工作每个月可以得到 15 元的工钱。但他不甘心，在短暂的迷茫后，他想起儿时的梦想，想起十岁时他曾拿过作文比赛第一名。

于是，史铁生开始试着写小说。母亲发现后很惊喜，她到处给他借书，默默做他的后盾，让儿子全身心投入写作。后来，他就带着纸和笔，躲在地坛的角落里，潜心写作。在地坛，他写与天地万物的对话，写对人间苦难的思考，写自我救赎的心路。这时的地坛更像是一位导师，引领史铁生真正步入文学殿堂。

随着文章陆续在报刊上发表，他作品中传达的精神被读者共振传颂。他终于写出了名堂，为自己辟出一条新路。但让史铁生抱憾的是，当他在文学上有所成就时，母亲早已离世多年，再也看不到了。

有一次，史铁生一位的朋友聊到写作时，说起自己写作是为了让母亲骄傲。朋友的话深深刺痛了他的心弦，他反思，自己的写作之路又何尝不是母亲的路呢？

他在地坛扶轮问路的每一处，都曾留下母亲爱的痕迹。母亲曾小心翼翼地呵护他的自尊，又担心他的安危，总是在他独自来地坛时悄悄追随其后。当他在脑海反反复复追忆着母亲，他渐渐理解了母亲的苦心和难处。他多么希望能再见母亲一面，向她倾诉衷肠。

许是思母心切，老天托梦给他说："母亲太苦了，召她回去。"史铁生梦醒后渐释然，从此把对母亲的所有情感寄语在文字里。虽然文字治不好他身体的病痛，却疗愈了他的心伤。他接受了身体的残缺，接受了生命的恩典，精彩地活出了生命的价值。从这个意义上说，写作，正是地坛引导他选择的自我和解之路。

一位作家说过："一个人，若能不跟自己较劲，处处放自己一马，就是置心灵于旷野，给心灵以自由。"人生不如意事十之八九，若处处较劲，则终生心累，不如放过自己，成全生命的豁达，也放过别人，拥有慈悲的心怀。学会用放过的方式与自我和解，方寸之间，天地皆宽。

📚 把不息的欲望变成不朽的希望

史铁生在《我与地坛》中顿悟："人真正的名字叫作欲望。"并为此进行灵魂拷问："是消灭欲望同时也消灭恐慌？还是保留欲望同时也保留人生？"

史铁生初入地坛时，地坛是他内心牢笼的具象化投射，相守 15

年后，地坛早已成为托举他重生的心灵乌托邦。地坛就像有一个"园神"，无处不在地注视着史铁生的一举一动，看着他从迷茫到坚定，从软弱到坚强。

史铁生一直在地坛思考三个问题：要不要去死？为什么活？为什么写作？对身体残缺的抗拒一度让他想以死解脱。寻死不成后反而想通了，他有了活下去的欲望，但又伴随着如何活的恐慌。

他是个残疾人，在世俗的标准中是不被接受的劳动力，因而他找不到一份体面的工作。为了证明自己即便残缺也有存在的价值，他开始了写作。最初写作是为了讨生计，没想到写着写着，真写出了价值。但新的恐慌又来了，他又开始焦虑自己一旦无法持续性写作，那个证明就失了意义。

所以，他不再只为自己的个人情怀而写，而是为众生、为天地万物而写。写作变成他的精神依托，也是理想信念。于是，他接受了自己永远处在恐慌中，也承认欲望是他一生的罪孽和福祉。

他在园子里待得久了，见过形形色色的人，与他们有过难忘的交织。园中，存在着一个孩子，他欢呼雀跃，对万事万物新奇；也存在一个老人，他垂垂老矣，走向自己的安息地；又存在一对情侣，他们两情相悦，一刻也不想分开。

这些人好像都是他又都不是他。他以前是孩子，要看世界，要新奇；也是爱侣，要存在，要表达；但最终变成老人，眷恋着世界，不愿离去。园中的太阳这头落下又从那头升起，某一天园中又会出现一个欢蹦的孩童。死成为另一种生，这种方生方死，就是永恒的希望，是所有人的欲望交织在一起炼成的。史铁生是永恒中的一部分，他的精神也终将被延续。

作家王统照说过："人生存于欲望之中，而为欲望牵线的是希望。"生于欲望之中而没有希望，这样的人生是悲哀的。希望从来不是在被证明后才能成立的，它虽然渺茫，但总是深深扎根在人心里。你不是能够实现希望，而是把不息的欲望变成不朽的希望，使你自己成为希望。所以，哪怕不知人生去向何方，努力活下去就是希望。

作家余华这样回忆史铁生："铁生给我写过一封信，信的最后一句话是'我是这个世界上最幸运的人'。他对这个世界没有任何怨言，对这个世界充满了爱。"

史铁生的一生经历了无数的厄运和病痛折磨，他却在这些痛苦中参透生死，审视命运，体悟大道。自我心态上，也从绝望到豁达，他超越身体的苦难，更越过了内心的那座山，正所谓"知其不可奈何而安之若命"。

他在地坛，以轮椅和文学作方舟，在伤痛与苦难中艰难自渡，得以重生；地坛在他，以无畏和不摧的精神，普度了众生。也希望读完这本书的你我，都能越过内心那座山，朝着心之所向，一往无前。

所谓勇敢，不是从不落泪，而是愿意含着泪继续奔跑。